SOLEIL
MANGA

W0409048

Écrivez-nous à :
Soleil Manga
25, rue Titon
75011 Paris - France
manga@soleilprod.com

Titre original : BOKUWA IMOUTO NI KOI WO SURU by Kotomi AOKI

Original Japanese edition published in 2004 by Shogakukan Inc., Tokyo
French translation rights arranged with Shogakukan Inc.
through The Kashima Agency

15, bd de Strasbourg
83000 Toulon - France
Traduction : Florent Gorges
Lettrage : Studio Charon
Dépôt légal : Février 2008
ISBN : 978-2-30200-088-9
Impression : AUBIN IMPRIMEUR - France

Elle balaiera tout sur son passage

Rie Takada
akari
HADASHI NO AITSU
> Une série en cours
> 9 tomes à paraître
Tome 1
Rie Takada
1
akari
HADASHI NO AITSU

La rentrée en seconde,
première année de lycée, les sweet sixteen
la rencontre tumultueuse entre
un garçon et une jeune lycéenne exigeante

AYA ODA
Playboy café
Sweet X Bitter = Love
L'amour est un cocktail aigre-doux

Tome 1

Tome 2

Une série en 4 tomes

Parviendra-t-elle à garder
ce garçon rien que pour elle ?

QU...
AUSSITÔT RENTRÉ...
YORI DEVIENT FIÉVREUX...
39 DE FIÈVRE...
... ET YANO QUI DÉBARQUE SANS PRÉVENIR...
ET LA MÈRE QUI COMMENCE À AVOIR DES SOUPÇONS SUR LES LIENS ENTRE IKU ET YORI !!
HAA
NON
ATTENDS, YORI...
NON, JE N'ATTENDS PAS...
ALLEZ, TOURNE-TOI DANS CETTE POSITION...
HAAA
VOLUME 6 DISPONIBLE TRÈS BIENTÔT !

Secret Sweetheart

Que va-t-il se passer dans le volume 6 ?!?

BONJOUR À TOUTES ET À TOUS !

J'espère que vous avez aimé les quelques pages de bonus de ce volume 5 ! Cette histoire se trouve en réalité dans un CD Secret Sweetheart disponible au Japon. Il existe également d'autres versions de "Lovely Morning Call" avec notamment le point de vue d'Iku et de Yano ! Pour tous ceux qui n'auront pas la chance de savoir comment ces deux derniers vont essayer de réveiller Yori ou Iku, alors je vous laisse imaginer (le pire ? le meilleur ?).

Les plus attentifs parmi vous auront certainement remarqué que cette histoire était bien entendu un déroulement parallèle à la trame originale. En effet, Yori porte l'uniforme de son école (loin de la maison) alors qu'il se trouve encore dans la chambre d'Iku. Logiquement, ces deux aspects sont incompatibles. Mais c'est comme qui dirait, du "fan service" (rires).

Il n'existe aucune version en langues étrangères de ce CD dédié à Secret Sweetheart et joué par de vrais acteurs. Mais ne vous inquiétez pas, chers lecteurs français, j'ai bien l'intention de rajouter pour les prochains volumes les pages bonus qui se trouvent dans le disque !

Voilà, sur ce, je vous dis à très bientôt, dans le volume 6 !

BONJOUR !
FIN DES PAGES BONUS "LOVELY MORNING CALL"

NE
T'EN FAIS
PAS...
JUSTEMENT,
CE QUE JE
VEUX...
C'EST UN
DE TES
BAISERS
MALADROITS
!
ZUISH
ALORS ?

NON, C'EST PAS ÇA !
!?
MAIS JE...
HEU...
JE N'EMBRASSE PAS BIEN...
JE NE SUIS PAS AUSSI DOUÉE QUE TOI POUR CES CHOSES-LÀ...

QU...
HUU
YORI, T'ES PAS GENTIL...
—......
TU... NE VEUX PAS...
M'EMBRASSER ?
QU...

CHU
......
IKU...
HEIN ?
MAIS...
ÇA NE VA PAS !
PAS SUR LES JOUES !
ICI...
TOP TOP
SUR LA BOUCHE...

HEIN ???
ALLEZ !
NE PERDONS PAS DE TEMPS !
VITE VITE !
QU...
BOM
BOM
BOM
BOM

S'IL TE PLAÎT ! LAISSE-MOI RECOPIER TES RÉPONSES ! JE RISQUE VRAIMENT DE ME FAIRE INTERROGER AUJOURD'HUI !
OUI OUI, T'INQUIÈTE, TU POURRAS...
MAIS EN ÉCHANGE...
JE VEUX MON BAISER DU MATIN...
HEIN ???
LÀ, ICI ?
OUI, ICI !
JE... JE NE ME SUIS PAS ENCORE LAVÉE !
ET MES CHEVEUX, LÀ...
PAS GRAVE ! TOUT DE SUITE !
FAIS GAFFE ! L'AVENIR DE TES DEVOIRS EST EN JEU !
がっちりっ
ET JE TE LAISSERAI PAS SORTIR DE CE LIT !

MAMAN A MIS DU STEAK HACHÉ DANS TON BENTO !
ET COMME Y'EN AVAIT TROP, T'EN AURAS AUSSI POUR LE P'TIT DEJ' !
ALORS DEBOUT ET À TABLE !
HMM
FUISH
ENCORE UN PEU...
ZUIP
NNN
OK, J'AI COMPRIS...
PUISQUE C'EST COMME ÇA, JE NE TE PERMETTRAI PAS DE RECOPIER MES DEVOIRS DE MATHS...
TU SERAS PUNIE EN CLASSE...
ALORS DEBOUT !
WHAAAA !
D'ACCORD ! JE ME LÈVE ! TOUT DE SUITE !

Histoire bonus ! **Secret Sweetheart**

Lovely Morning Call

Version de Yori Yûki

ZUISH
ET MAINTENANT ?
QU'EST-CE QUE JE VAIS BIEN POUVOIR TE DEMANDER...
"YORI ?"
"QU'EST-CE QUE T'ESSAIES DE PROTÉGER À CE POINT, HEIN ?"
FIN - À SUIVRE DANS LE TOME 6

ALORS ? CE MOT DE PASSE ?
JE NE SUIS PAS DU GENRE À LE DONNER TRÈS FACILE-MENT...
ET ÇA, TU LE SAIS TRÈS BIEN...
ZUISH
MAIS C'EST ÇA QUE J'AIME...
FUISH
EN TOI, YORI...
FUISH

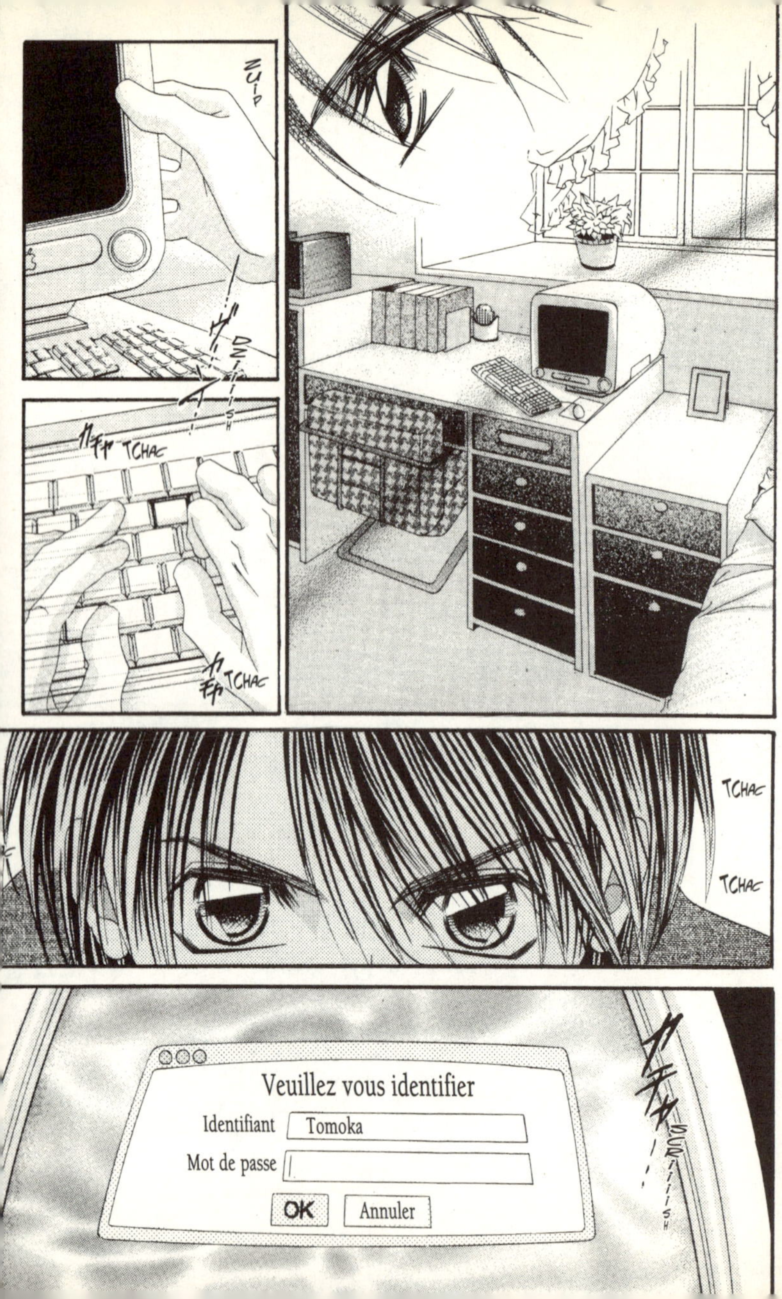
ZUIP
DZIIIIISH
TCHAC
TCHAC
TCHAC
TCHAC
Veuillez vous identifier
Identifiant
Tomoka
Mot de passe
OK
Annuler
SCRIIIIISH

ZUISH
NOUS SERONS SEULS. TOUS LES AUTRES SONT PARTIS DANS LA BOUTIQUE DE MON PÈRE...
TRÈS BIEN.
OÙ EST TA CHAMBRE ?
À L'ÉTAGE, AU FOND...
MAIS HEU, YORI...
ATTENDS !
TAP
TAP
TAP
CRIIISH

DING
DONG
TCHAAAC
COUCOU ! JE T'ATTENDAIS !
TU ES JUSTE À L'HEURE !

HÉ HÉ
BAH, NORMALEMENT, C'EST LE RÔLE D'UN PETIT AMI MAIS...
ON VA DIRE QUE JE SUIS UN SUPPLÉANT, VOILÀ !
HEU ...
TRÈS BIEN JEUNE HOMME ! SOIS HEUREUX AVEC MA FILLE !
PAPA ?!?
EXAMEN RÉUSSI
MERCI
ELLE SERA HEUREUSE AVEC MOI...
DÉCEPTION
BON
TU M'PLAIS, GAMIN ? ON SE BOIT UN P'TIT COUP ?
POUR FÊTER ÇA
HA HA
HEU, JE SUIS ENCORE MINEUR...
PLOP
RHAAA !
ILS SONT TOUS FOUS !
POURQUOI FAUT-IL QUE ÇA N'ARRIVE QU'À MOI ?!?

NON, JE NE SUIS PAS SON PETIT AMI...
HA BON ?
IL EST RASSURÉ
DU MOINS, PAS ENCORE...
HEIN ? ÇA VEUT DIRE QUOI, ÇA ?
DISONS QUE...
QUAND ELLE A DE LA PEINE OU SE SENT MAL...
J'ESSAIE DE RESTER LÀ, À SES CÔTÉS...
JE FAIS DU MIEUX QUE JE PEUX POUR LUI CHANGER LES IDÉES...
FAIRE QU'ELLE SE SENTE UN PEU MIEUX...

UN GARÇON N'A RIEN À FAIRE...
ZAAAM
DANS LA CHAMBRE DE MA FILLE !
PAPA !
OOOH !
C'EST... C'EST DONC TOI ? LE... PETIT AMI... DE MA FILLE ?

RHAAA ! YANOOOO !
COQUINE ! COCHONNE !
WHA HA HA
HAAA !
ZUISH
TOP
HAA
QUITTE À CHOISIR...
JE PRÉFÈRE TE METTRE EN COLÈRE PLUTÔT QUE DE TE FAIRE PLEURER...

SORS DE LÀ ! JE NE T'AI PAS PERMIS D'EN-TRER DANS NOTRE CHAMBRE !
FUUU
NOTRE CHAMBRE ? JE VOIS...
COMMENT DIRE...
HÉ BIEN, PETITE COQUINE !
C'EST DANS CE LIT QUE VOUS AVEZ FAIT L'AMOUR ?

HUUU
IDIOTE DE MAMAN !
TOMOKA N'EST PAS LA PETITE AMIE DE YORI !
ET YANO N'EST PAS MON PETIT COPAIN !
TOC
TA MÈRE N'EN CROYAIS PAS SES YEUX...
TE METTRE DANS DE TELS ÉTATS...
YANO...

TON VISAGE A L'AIR SI DÉSESPÉRÉ ! TU SEMBLES N'AVOIR PLUS AUCUN ESPOIR...
YORI...
QU'EST-CE QUE T'ESSAIES DE PROTÉGER À CE POINT, HEIN ?

LA PREMIÈRE FOIS QU'J'T'AI VU, J'Y AI AUSSITÔT PENSÉ...
C'GARS-LÀ, IL GARDE UN TERRIBLE SECRET AU FOND D'LUI !
TU NE T'INTÈGRES PAS AVEC LES AUTRES...
MAIS TU SEMBLES AVOIR TES RAISONS POUR ÇA...
TU ESSAIES D'ÊTRE DISCRET, DE TE FAIRE OUBLIER DES AUTRES...
TU ES DONC FROID ET TU ATTENDS QU'ON T'ÉVITE...
MAIS C'EST LE CONTRAIRE QUI ARRIVE ! TOUT LE MONDE TE TROUVE PRÉTENTIEUX...
TU DONNES L'IMPRESSION D'AVOIR LA GROSSE TÊTE !
J'SAIS PAS MOI, TU POURRAIS AU MOINS RIGOLER UNE FOIS D'TEMPS EN TEMPS !
TU VOIS ?
OK OK, DONNE-MOI DES CONSEILS ALORS. S'IL TE PLAÎT...

FUISH
C'EST DE NAISSANCE...
ET TOI ?
C'EST QUOI TON SECRET ?

ピシャーッ
JLAAAASH
AÏE !
HÉ BIEN ! ON PEUT PAS DIRE QU'ELLE FAIT SEMBLANT QUAND ELLE FRAPPE, CETTE NANA !
FRANCH'MENT, J'TROUVAIS CETTE SCÈNE INSUPPORTABLE !
PFF !
JE N'POUVAIS PAS...
EN SUPPORTER DAVANTAGE...
SURTOUT AVEC CE CORPS-LÀ...

ALORS ? ALORS ?
J'VOUS AI BIEN EUS AVEC MA SIMULATION DE MALADIE ?
ON N'ALLAIT TOUT D'MÊME PAS PASSER L'RESTE D'LA JOURNÉE À ÉCOUTER LES SERMONS D'CE PROF, NON ?
ALORS ?
BONG !
ESPÈCE DE CRÉTIN !
AAARGH

TAKUMA !!!
INFIRMERIE

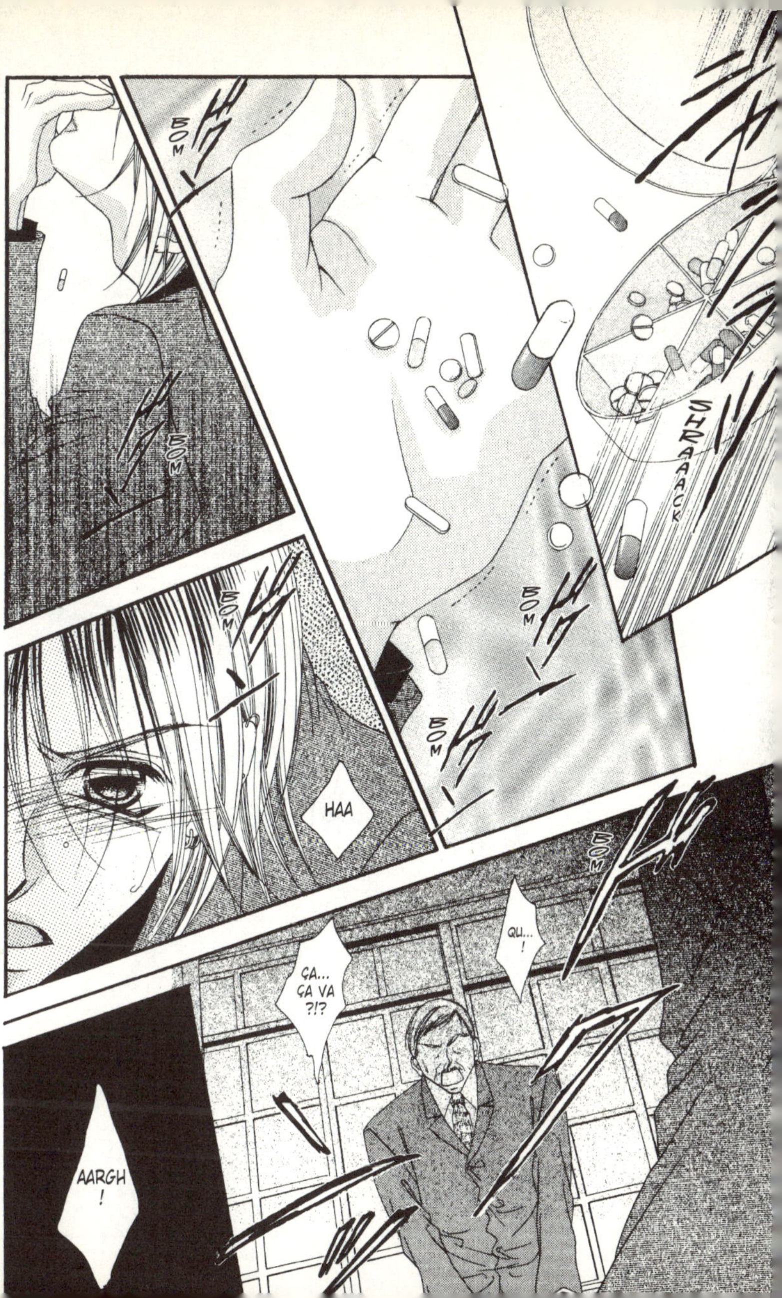
SHRAAACK
BOM
BOM
BOM
BOM
BOM
HAA
BOM
QU... !
ÇA... ÇA VA ?!?
AARGH !

TAKUMA ?!?
TAKUMA ? TU TE SENS MAL ?
JE... JE VAIS CHERCHER L'INFIRMIÈRE !
BOM BOM
HA !
BOM BOM
HUU
NON, CE... C'EST PAS...
LE... MOMENT...
BOM BOM

JE M'ARRANGERAI POUR QU'ON SE DÉBARRASSE...
DE TOI ET DE CETTE FILLE...
ZAAASH
QU...
S'IL VOUS PLAÎT, LAISSEZ-LA TRANQUILLE !
ELLE NE VIENDRA PLUS ICI, ALORS LAISSEZ-LA...
HUU
TAKUMA ?
KLING
ARGH !

HUM !
BON ! JE VOUS SIGNALE QUE C'EST LA PREMIÈRE FOIS QUE J'ENTENDS QU'UN ÉLÈVE FAIT ENTRER UNE FILLE DANS L'INTERNAT DES GARÇONS !
SI UN ÉLÈVE LOYAL ET DÉVOUÉ NE M'AVAIT PAS AVERTI DE CET ACTE, JE N'EN AURAIS RIEN SU !
LOYAL ET DÉVOUÉ ?!?
TAKU-MA ! TAIS-TOI !
CE OGURA N'EST QU'UN VENDU, OUI !
JE VOUS PRIE DE BIEN VOULOIR ME PARDONNER POUR TOUS LES PROBLÈMES DONT JE SUIS COUPABLE...
JE VOUS PROMETS QUE ÇA NE SE REPRO-DUIRA PLUS JAMAIS.
JE SUIS SÛR QU'IL MENT !
BLAAAM
MAYU ! T'ES MALADE OU QUOI DE LE FRAPPER ?!?
CE NOUVEAU SE FOUT DE NOTRE GUEULE !
ELLE M'A TAPÉ !
IL M'ÉNERVE !
QUOI QU'IL EN SOIT, JE VAIS MENER MON ENQUÊTE SUR CETTE PETITE AFFAIRE.
UNE ENQUÊTE EN PROFON-DEUR...

OUH LÀ !
M'SIEUR, C'EST PAS LA PEINE DE FAIRE C'TE TÊTE-LÀ !
ON DEVRAIT PLUTÔT EN PROFITER POUR PARLER CAL-MEMENT ENSEMBLE !
NON?
BUREAU DE VIE COMMU
IMBÉCILE !
TAKUMA ! TU ES AUSSI COMPLICE !
MONSIEUR ! YORI MÉRITE D'ÊTRE RENVOYÉ DE L'INTERNAT !
ZUISH
GRRR !
GRRR !
...
MAYU ! LA FERME, ESPÈCE DE GARCE !

TOMOKA N'EST PAS LA PETITE AMIE DE YORI !
AUTREFOIS, PEUT-ÊTRE ! MAIS PLUS MAINTENANT !
ILS SONT SÉPARÉS ET ILS N'ONT PLUS AUCUN LIEN !
HAAA
QU...

CELA VOUDRAIT DONC DIRE QUE JE SUIS AMOUREUX D'UNE FILLE ATTEINTE DU BROTHER COMPLEX ?
IL VA FALLOIR QUE JE SOIS ASSEZ FORT POUR DEVENIR PLUS INTÉRESSANT QUE YORI, ALORS !
DISONS QUE CETTE SÉPARATION SI SOUDAINE A RENDU IKU UN PEU MÉLANCOLIQUE. ELLE SE RETROUVE SEULE CHEZ ELLE.
HA HA
OUI, TU AS SÛREMENT RAISON ! ELLE ÉTAIT HABITUÉE À VOIR SON FRÈRE DEPUIS TOUJOURS.
PLAC
MAIS TOUT DE MÊME...
NOUS AVONS DÉCOUVERT QUE YORI SORTAIT AVEC TOMOKA ! IL NE NOUS AVAIT RIEN DIT !
BOM
QU...

OH MON DIEU...
MON COMPORTEMENT ÉTAIT-IL SI ÉTRANGE ?
FUIP
ON A BEAU DIRE QUE LES JUMEAUX SONT PROCHES MAIS TOUT DE MÊME...
TU NE CROIS PAS ?
ILS ONT REMARQUÉ QUE JE NE PENSAIS QU'À LUI ?
HUU
QUE DOIS-JE FAIRE, ALORS ?
TCHAP
HMM, COMMENT DIRE...

HÉ HÉ
ÇA VA TE FAIRE RIRE MAIS...
CES DEUX-LÀ N'ONT POURTANT JAMAIS ÉTÉ DES JUMEAUX TRÈS PROCHES !
BOM
HEIN ?
CLANG
BOM
BOM
BOM
POURTANT, DEPUIS PEU, ELLE TRAVAILLE POUR ÉCONOMISER ET ALLER VOIR SON FRÈRE !
DES FOIS, ELLE NE RENTRE MÊME PAS !
YORI A TOUJOURS ÉTÉ TROP GENTIL AVEC SA SŒUR.
ON SE POSE DES QUESTIONS AVEC LEUR PÈRE.
MÊME LUI COMMENCE À CROIRE QUE CES DEUX-LÀ SONT INCESTUEUX ! HA HA HA !
QUELLE IDÉE !

HO !
OH, TU ROUGIS, IKU ?
LA FERME YANO !
DU CALME ! ALORS COMME ÇA VOUS ÊTES AUSSI AMIS ?
VOUS ÊTES DANS LA MÊME CLASSE ET VOUS BOSSEZ DANS LE MÊME RESTO ?
YANO, J'ESPÈRE QUE MA FILLE NE TE DONNE PAS TROP DE SOUCIS! ELLE EST TELLEMENT TÊTE EN L'AIR !
NON NON ! AU CONTRAIRE, C'EST DISTRAYANT !
MAMAN, ÇA SUFFIT !
JE VOUDRAIS BIEN QUE YANO RENTRE CHEZ LUI !
VOUS VOULEZ UN AUTRE THÉ ?
EN TOUT CAS, ÇA ME RASSURE !
DE SAVOIR IKU PRÈS D'UN AUSSI GENTIL GARÇON !
QU... !
TA MAMAN S'INQUIÈTE DE VOUS SAVOIR, YORI ET TOI...
UN PEU TROP PROCHES...

RHAAA !
ET PUIS C'EST MA MÈRE QUI A CUISINÉ !
TU PEUX ME DIRE POURQUOI TU FAIS LA VAISSELLE ?
MAINTENANT QUE TU T'ES INVITÉ À BOUFFER, RENTRE CHEZ TOI !
IKU ! VOYONS !
CE N'EST PAS SYMPA DE DIRE ÇA ! IL A ÉTÉ GENTIL DE TE RAMENER JUSQU'ICI ! ET LUI AU MOINS, IL M'AIDE !
PRENDS EXEMPLE !
ZUIP
ZUIP
結城家キッチン
DANS LA CUISINE DES YÛKI !
GRMMM
RHAAA
J'AI BIENTÔT TERMINÉ !
IKU, VA DONC T'ASSEOIR EN M'ATTENDANT !
QUI T'A AUTORISÉ À M'APPELER PAR MON PRÉNOM ?
GRRR
GRRR
ET TOI, TU LE FAIS BIEN !

29e secret : Je te vole !

Secret Sweetheart

AIE CONFIANCE EN LUI !
OUI...
IL AVAIT SÛREMENT UNE BONNE RAISON...
JE ME DEMANDE ...
DEPUIS QUAND...
JE SUIS TOMBÉ AMOUREUX DE CETTE FILLE...

TU DEVRAIS AVOIR PLUS CONFIANCE EN LUI...
EN TON FRANGIN !
JE NE CONNAIS PERSONNE D'AUTRE...
QUI SOIT CAPABLE D'ÊTRE AUSSI FOU DE TOI !

YANO, TU AS UN DOS PLUS LARGE QUE CELUI DE YORI...
AH...
TON FRANGIN EST TRÈS FIN, OUI...
SI ÇA SE TROUVE, T'ES PLUS LOURD QUE LUI !
NON MAIS ! DE QUOI JE ME MÊLE À LA FIN ?!?
ELLE NE DIT PAS LE CONTRAIRE...
IL N'EST PAS TRÈS GRAND NON PLUS...
BAH, IL VA SÛREMENT ENCORE GRANDIR UN PEU...
IL EST PLUS GRAND QUE MOI !
....
FUU
ZAAASH
HÉ BIEN...
C'EST PAS GAGNÉ...

HÉ BIEN...
EN T'ASSEYANT COMME ÇA, TU N'AS PAS PEUR D'ATTIRER LE REGARD DES MECS ?
ÇA DONNE DES IDÉES...
JE SUIS MONTÉE ! TU VEUX QUOI DE PLUS !
BON OK, SI TU LE DIS...
BON
ACCROCHE-TOI BIEN !
OUAIS
C'EST PARCE QUE JE SUIS OBLIGÉE...
GNAAAASH

EN TOUT CAS, MOI JE N'AI PAS HONTE DU TOUT.
ÇA C'EST TON PROBLÈME !
MOI, ÇA ME FAIT HONTE, UN POINT C'EST TOUT !
EFFACE ET RECOMMENCE !
TU TIENS VRAIMENT À CE QUE JE RÉÉCRIVE ?
OUI !
DANS CE CAS-LÀ...
MONTE À L'ARRIÈRE...
JE TE RAMÈNE.
NAN !
ET QU'EST-CE QUE TU MANIGANCES, ENCORE ?
ME FAIRE PEUR EN ROULANT COMME UN DINGUE ?
TANT PIS ALORS ! JE VAIS LAISSER LE RAPPORT TEL QUEL !
TANT PIS POUR TA FACE !
......

6 ANGLAIS LESSON 2 MLLE YÛKI ÉTAIT DANS LA LUNE...
ABSENCE RETARDS EXCLUSION
MLLE YÛKI
REMARQUES :
MLLE YÛKI N'A PAS L'AIR DANS SON ASSIETTE. J'ESPÈRE QU'ELLE RETROUVERA RAPIDEMENT LA FORME. YANO
MLLE YÛKI N'A PAS L'AIR DANS SON ASSIETTE. J'ESPÈRE QU'ELLE RETROUVERA RAPIDEMENT LA FORME. YANO
SHRiii
OH !
......
TON RAPPORT...
TU VEUX ME FAIRE HONTE DEVANT LES PROFESSEURS, C'EST ÇA ?
YANO !!!

ZAAAM
VLAAAAM
FUIP

ZAAAASH
JE TE L'AI DÉJÀ DIT AVANT, NON ?
LA RAISON EST QUE...
JE SUIS AMOUREUX DE TOI, IKU...

J'EN AI MARRE !
POURQUOI TU NE ME FICHES PAS LA PAIX ?
NE M'ADRESSE PLUS LA PAROLE, ENTENDU ?
JE TE L'AVAIS DEMANDÉ AVANT, NON ?
YANO, TU ES LE TYPE LE PLUS ODIEUX QUE JE CONNAISSE ! JE TE DÉTESTE !
HAAA
HAAA
POURQUOI JE NE TE LAISSE PAS TRANQUILLE ?

DAAAAAM
AUJOURD'HUI, C'ÉTAIT À MOI DE FAIRE LE RAPPORT DE CLASSE POUR LA JOURNÉE.
VOILÀ CE QUE J'AI NOTÉ.
RAPPORT DE CLASSE, PAR YANO HARUKA...
RETARDATAIRE DU JOUR...
MADEMOISELLE YÛKI...
PENDANT LE PREMIER COURS, ELLE S'EST ÉGALEMENT ENDORMIE...
PENDANT LE DEUXIÈME, ELLE ÉTAIT CARRÉMENT DANS LA LUNE...
TROISIÈME COURS, ELLE A CONTINUÉ SA NUIT...
QUATRIÈME HEURE, SON VENTRE GARGOUILLAIT...
CINQUIÈME...
BON, ÇA SUFFIT, LÀ !
STOP !
ZAAAAM
HÉ HÉ !
JE NE L'AI PAS INVENTÉ !

BAH, APRÈS TOUT...
CETTE HISTOIRE EST PEUT-ÊTRE UNE AUBAINE POUR MOI...
JE NE VAIS PAS M'EN PRIVER !
C'EST LE MOMENT DE REPASSER À L'ATTAQUE.
TU M'EN VEUX PAS, GRAND FRÈRE ? ♡

TU ES OK ?
HI HI
D'ACCORD ?
VIVEMENT SAMEDI !

WHAA ! C'EST LE PETIT AMI DE YUKARIN !
TU ME TENDS UN PIÈGE ?
JE VAIS TOMBER DEDANS...
SAMEDI PROCHAIN...
J'AIMERAIS BIEN ALLER CHEZ TOI...

YANO, GARDE TES CONSEILS POUR TOI. JE N'AI PAS BESOIN DE TON AIDE.
TU AS AUSSI FAIT DU MAL À IKU...
ET ÇA, JE NE TE LE PARDONNE PAS.
QUANT À MOI, JE ME LE PARDONNE ENCORE MOINS !

YORI, TU N'ES QU'UN IMBÉCILE...
AUTREFOIS, TU T'ES SERVI DE TOMOKA POUR OUBLIER IKU...
C'ÉTAIT TON ERREUR, CAR C'ÉTAIT VAIN.
NOS FAUTES FINISSENT TOUJOURS PAR NOUS ÉCLABOUSSER.
À TOI MAINTENANT DE TE RINCER LES MAINS PROPREMENT.

VOUS N'AVEZ PAS L'AIR DE VOUS ÊTRE DISPUTÉS.
TCHAF
ELLE PLEURE ALORS QUE...
T'AS FAIT UN TRUC DONT TU PEUX PAS PARLER.
ET ON N'A AUCUNE NOUVELLE DE TON EX.
C'EST TOUJOURS COMME ÇA AVEC LES FILLES.
L'ÉQUATION DE CE PROBLÈME ME SEMBLE CLAIRE !
TU PEUX EN CROIRE MON EXPÉRIENCE !
PAS COOL, YORI !
TU SERAS GENTIL DE NE PAS ME METTRE DANS LE MÊME PANIER QUE TOI...

P'TITE SŒUR N'ARRÊTE PAS DE CHIALER !
ZAAAAM
QU...
EXCUSE...
MAIS JE NE PEUX PAS...
ENCORE EN PARLER.
C'EST TON EX ?

ULULULULU
BIP
ALLÔ ?
PAUVRE ABRUTI !
YANO...
TU PEUX ME DIRE CE QUE TU LUI AS FAIT ?

くぅーん
QWUIII
P'TIT YORI...
P'TIT YORI...
GNAAASH
YORI...
YORI...
YORI...
POURQUOI ?

QUE FAISAIT-ELLE LÀ ? POURQUOI SE SONT-ILS EMBRASSÉS ?
HUU
JE N'Y COMPRENDS PLUS RIEN...
HUUU
NON !
ÇA ME FAIT SOUFFRIR !
OH ! UN CHIEN !!!
TU L'AS FOUTU DANS TON SAC À DOS ?

TU NE CROIS PAS QUE TU POURRAIS M'EN PARLER UN PEU ? ÇA TE PERMETTRAIT D'Y VOIR PLUS CLAIR.
LUI EN PARLER ?
PFFF VOUS VOUS ÊTES DISPUTÉS OU QUOI ?
ALLEZ, DIS-MOI !
TCHIC
LUI PARLER DE QUOI ?
LUI DIRE QU'IL...
A EMBRASSÉ TOMOKA SUR LES LÈVRES ?

じゃあね
BYE !
ON PASSE AU MAC DO ?
HÉ LÀ !
ON A ENCORE UN COURS, LÀ !
ZUISH
ALORS ?
ÇA N'A PAS L'AIR DE S'ÊTRE TRÈS BIEN PASSÉ...

BON, À SAMEDI ALORS !
ZUISH
NE ME POSE PAS UN LAPIN, HEIN !
FUIP
AH OUI, J'AI OUBLIÉ DE TE DIRE...
MAIS JE CROIS QUE IKU...
NOUS A VUS NOUS EMBRAS-SER !

QUE SE PASSERA-T-IL ENSUITE ?
HI HI
JE SUIS SÛRE QUE TU EN AS CONSCIENCE...
QUE TU ES MIGNON, MON PETIT YORI...
HI HI

DIS
TU VEUX PAS SORTIR AVEC MOI, SAMEDI PROCHAIN ?
COMME AVANT, NOUS...
C'EST NON !
NE PROFITE PAS DE LA SI-TUATION ! FICHE-MOI LA...
YORI ?
CETTE PHOTO...
JE PEUX L'ENVOYER À TOUS CEUX...
QUI SAVENT QUE VOUS ÊTES JUMEAUX...

À QUOI ?
BOF... C'EST JUSTE QUE...
JE TROUVE AMUSANT DE SAVOIR QU'UNE SIMPLE PETITE PHOTO...
SOIS CAPABLE DE FAIRE PLIER UN HOMME QUI D'HABITUDE M'IGNORE COMPLÈTE-MENT.
ET JE TROUVE ÇA TELLEMENT À MON AVANTAGE...
QU...
HÉ HÉ

TON VISAGE ME DIT QUE ÇA NE TE FAIT PAS PLAI-SIR...
ZUIIISH
WHAAA !
TOMOKA, TU AS L'INTENTION DE NOUS FAIRE DU CHANTAGE, C'EST ÇA ?
CELA TE SERT À QUOI, HEIN ?

28e secret : Le piège

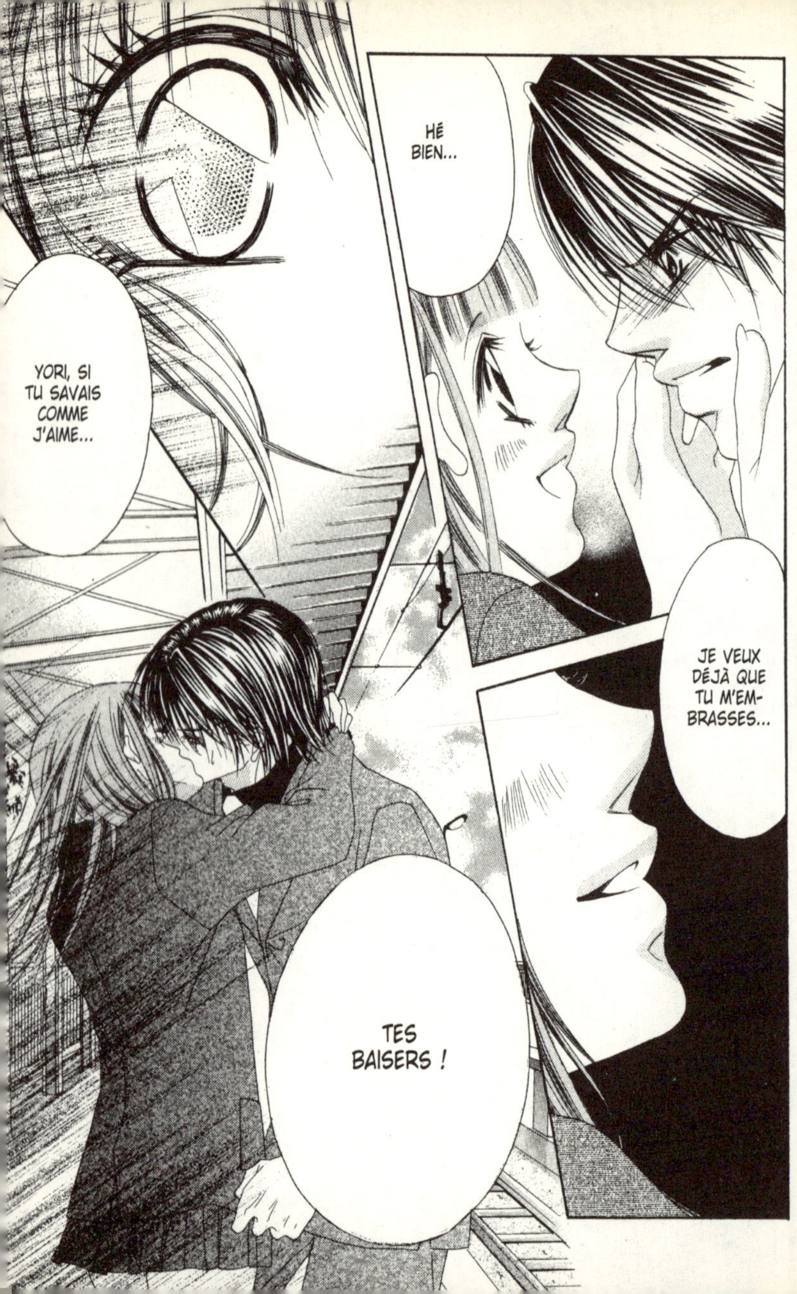
HÉ BIEN...
JE VEUX DÉJÀ QUE TU M'EM-BRASSES...
YORI, SI TU SAVAIS COMME J'AIME...
TES BAISERS !

ZAAAAM
QU'EST-CE QUE...
FUIIIISH
QU... !
NE T'EN FAIS PAS !
JE VAIS L'EFFACER, CETTE PHOTO !
DE TOUTE FAÇON, JE L'AI DÉJÀ ENVOYÉE SUR MON ORDI !
HI HI
QU'EST-CE QUE TU VEUX ?

TOMOKA ?!?
HÉ HÉ HÉ
PRIS EN FLAGRANT DÉLIT !
♡

PFFF...
ET VOILÀ QUE JE CHIALE...
YORI ?

TULULULULU
JE T'ENVERRAI DES MAILS AUSSI !
SLAAASH
JE T'APPELLERAI !
JE VAIS BOSSER POUR ÉCONOMISER !
ZIIIIISH
ET TU VIENDRAS ME VOIR, OK ?
ET SURTOUT, NE PARLE PAS TROP À CE CRÉTIN DE YANO !

TU TE SOUVIENS DE LA GARE POUR TA CORRES-PONDANCE, HEIN ?
OUI
SI TU TE TROMPES, TU ARRIVERAS EN RETARD À L'ÉCOLE.
ALORS NE T'ENDORS PAS DANS LE TRAIN !
ATTENTION AU DÉPART !
OUI
FAIS ATTENTION À CE QU'ON NE TROUVE PAS LE P'TIT YORI DANS TON LYCÉE !
VEUILLEZ MONTER AVANT LA FERMETURE DES PORTES !
OUI
ZUISH

OUI...
LE TEMPS ...
PASSE SI VITE...

FINALEMENT...
NOUS NE SOMMES PRATIQUEMENT PAS RESTÉS ENSEMBLE...
JE VOULAIS TANT...
RESTER À TES CÔTÉS, YORI...

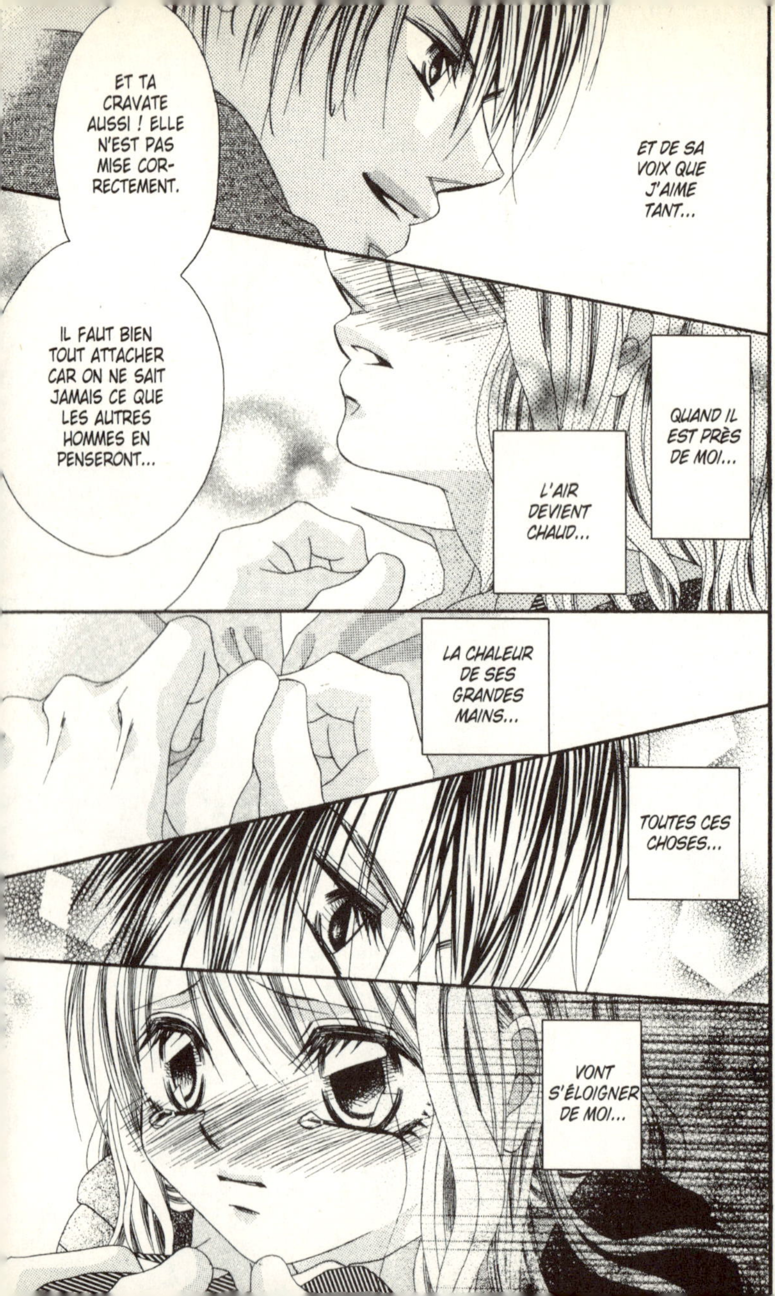
ET DE SA VOIX QUE J'AIME TANT...
ET TA CRAVATE AUSSI ! ELLE N'EST PAS MISE COR-RECTEMENT.
IL FAUT BIEN TOUT ATTACHER CAR ON NE SAIT JAMAIS CE QUE LES AUTRES HOMMES EN PENSERONT...
QUAND IL EST PRÈS DE MOI...
L'AIR DEVIENT CHAUD...
LA CHALEUR DE SES GRANDES MAINS...
TOUTES CES CHOSES...
VONT S'ÉLOIGNER DE MOI...

BOM !..
HUU
TCHIP...
HAAA
IL NE ME RESTE QUE...
QUELQUES MINUTES POUR PROFITER...
DU BEAU VISAGE DE YORI.

EXCUSE-MOI, YORI. J'ESPÈRE ARRIVER À TEMPS POUR LE TRAIN...
T'INQUIÈTE PAS, ON A ENCORE UN PEU D'AVANCE.
TES BOUTONS DE CHEMISE SONT DÉCALÉS...
AH !
AH OUI !
DANS LA HÂTE...
LÈVE UN PEU LA TÊTE...
JE VAIS TE LES REMETTRE
PLIC
PLIC
......
PLIC
ET ZUT !
EN FAISANT ÇA, J'AI ENCORE DE DRÔLES DE PENSÉES...
DÈS LE MATIN...

ZAAAASH
IKU ?
SALUT !
JE SUIS VENU TE CHERCHER !
YO... YORI ?!?
S'LUT !
PARDON, J'AI OUBLIÉ DE ME RÉVEILLER !
FLAP PLAP
HIII
OÙ SONT MES CHAUSSETTES ?
NON, P'TIT YORI, NE FAIS PAS PIPI ICI !
PLOC

JE SUIS TELLEMENT NERVEUSE QUE JE N'ARRIVE PAS À DORMIR...
TIC
TIC
もぞ
ZUISH
HEU...
TAIS-TOI ET DORS !
DAAAAM
J'AI ENCORE RIEN DIT !
TIC
DEMAIN MATIN...
YORI ET MOI...
CUI
CUI
TOC
SERONS À NOUVEAU SÉPARÉS...
TOC

ESPÈCE DE LÂCHE...
ALLEZ ! DÉPÊCHE-TOI DE VENIR TE COUCHER !
HEU, PAR CONTRE LE CLEBARD, IL DORT SOUS LE LIT !
DAAAAM

TAKU...
BON, JE VAIS LA CHERCHER...
MERCI D'AVANCE DE VEILLER SUR ELLE !

TAKUMA, TU NE ME REGARDES JAMAIS !
POURQUOI TU ÉVITES TOUJOURS MON REGARD ?
ALORS ?

AH OUI ?
JE VOIS...
EN GROS...
SI ELLE AVAIT ÉTÉ MOCHE, TU NE L'AURAIS PAS AIDÉE ?
PFFF !
OÙ VAS-TU CHERCHER TOUTES CES BÊTISES !
C'EST PLUTÔT LE NOUVEAU QUE JE VEUX AIDER !
ZUISH
NON MAIS ÇA VA PAS D'M'ARRACHER LA TÊTE COMME ÇA ?
GRRR ! NON MAIS !

QUOI ?!?
NON MAIS JE RÊVE !
POURQUOI VOUS FAITES PAS VIRER CE NOUVEAU SANS VOUS PRENDRE LA TÊTE ?!?
MAYU TANEDA, DÉLÉGUÉE DES ÉLÈVES À L'INTERNAT POUR FILLES.
SACRÉE MAYU...
TOUJOURS AUSSI EXPÉDITIVE...
GRRR !
ÇA TE POSE UN PROBLÈME ?
NON NON, PAS L'MOINDRE !
PLOP
BON, EN GROS, J'AI PAS LE CHOIX ET JE DOIS ACCUEILLIR CETTE FILLE POUR LA NUIT ?
OUI, C'EST ÇA.
ELLE EST PLUTÔT MIGNONNE EN PLUS !
GRRR
HÉ HÉ

BON, J'VAIS ALLER PRÉVENIR LA DÉLÉGUÉE DE L'INTERNAT DES FILLES.
TU F'RAS DORMIR TA COPINE CHEZ LES FILLES, ENTENDU ?
AVEC LE CHIEN
QU...
DU CALME, YORI !
TON AVENIR DANS CE LYCÉE EN DÉPEND !
JE SAIS, LES AMOURS À DISTANCE, C'EST DUR...
IL FAUT AVOIR LES IDÉES BIEN EN PLACE.
BREF, R'TIENS-TOI, POUR VOUS ET TON AVENIR.
VLAM
ATTENDEZ-MOI LÀ.

BON, J'VOUS D'MANDE DE LA FERMER !
JE N'PENSE PAS QU'IL SOIT BON D'EN FAIRE TOUTE UNE HISTOIRE !
PAR CHANCE, AUJOURD'HUI C'EST DIMANCHE ET LE DIRECTEUR N'EST PAS LÀ.
S'IL APPRENAIT ÇA, IL RENFORCERAIT LE RÈGLEMENT DE L'INTERNAT ! TOUT LE MONDE EN SOUFFRIRAIT !
BREF !
ET PUIS MOI AUSSI, COMME VOUS TOUS, J'RÊVERAIS D'FAIRE VENIR UNE FILLE ICI !
OR, YORI EST LE SEUL À AVOIR LE COURAGE ET L'AUDACE DE LE FAIRE !
J'SUIS JALOUX !
......

WAAAF WAF
QU'EST-CE QUE ÇA VEUT DIRE !
UNE FILLE DANS UN INTERNAT POUR GARÇONS ?
QUE FAIRE...
TON NOM ? TON ÉCOLE ?
NE ME DIS PAS QUE TU AS FUGUÉ !
J'AI PEUR...
DÉLÉGUÉ ! MERCI D'ALLER PRÉVENIR UN PROFESSEUR ET DE CONTACTER SES PARENTS ! ILS DOIVENT VENIR LA CHERCHER !
ELLE NE PEUT PAS RESTER DANS LE LIT D'UN ÉLÈVE !
QUE ...
QU'ALLONS-NOUS DEVENIR ?
GNAAASH

ZUISH
HOOO
ELLE EST CANON !
IL FAUT RESTER PRUDENT À NOTRE SUJET...
N'OUVRE PAS LA BOUCHE, COMPRIS ?
HMMM
CHIEN MUSELÉ

HÉ BEN...
YORI !
PSSS
ÇA VEUT BIEN DIRE QUE...
TU AS VRAIMENT RAMENÉ UNE FILLE ICI ?
ET TOI, T'ES DE QUELLE ÉCOLE ?
J'CONNAIS PAS CET UNIFORME.

DE TOUCHER PLUS LONGTEMPS À CE QUI M'APPARTIENT !
BOM

HEIN ?
UNE FILLE ?!?
OÙ VOYEZ-VOUS UNE FILLE ?
...
DÉLÉGUÉ...
GRRR
JE N'VOIS RIEN DE TEL ICI, MOI !
VOUS AVEZ SÛREMENT VU UN FANTÔME, VOILÀ TOUT !
HUUU
RESTE CALME
JE VOUS INTERDIS...

DÉLÉGUÉ !!!
ON A TROUVÉ UNE FILLE QUI DÉAMBULAIT DANS LES ENVIRONS DE L'INTERNAT !
あっさり。
ZAAAAM
BRRR
BRRR
ぶっ
HAA
あ
FUU
...!

BON ALLEZ, RETOURNEZ TOUS DANS VOS CHAMBRES !
CIRCULEZ, Y'A PLUS RIEN À VOIR !
J'SUIS FATIGUÉ, EN PLUS
TOI AUSSI OGURA, RENDORS-TOI !
JE VOUS JURE, JE N'AI PAS RÊVÉ !
OUAIS OUAIS ! MAIS ELLE EST OÙ ALORS C'TE NANA, HEIN ?
BREF, OUBLIE ÇA ET VA TE RECOUCHER !
QU... !
TOUT IRA BIEN POUR ELLE...
JE LUI AI DIT DE SE CACHER DANS UN ENDROIT SÛR EN ATTENDANT QUE TOUT SOIT REDEVENU CALME.
JE LA CONTACTERAI AVEC MON PORTABLE...

27e secret : Prise de conscience

Secret Sweetheart

UN CHIEN ?!?
WAAAAF
IL ÉTAIT PERDU ET JE L'AI TROUVÉ AUJOURD'HUI EN VILLE...
MAIS HEU...
HA HA HA HA
LE PAUVRE ! IL GRELOTTAIT DE FROID ! JE NE POUVAIS PAS LE LAISSER DORMIR DEHORS !
JE L'AI DONC DISSIMULÉ PARCE QUE JE SAVAIS QU'IL ÉTAIT INTERDIT DE RAMENER DES ANIMAUX À L'INTERNAT...

QU... QUELQUE CHOSE NE VA PAS ?
QUOI ?
TU OSES ?
TU SAIS MIEUX QU'UN AUTRE SI UNE FILLE SE TROUVE DANS TON LIT OU NON !
JE SAIS QU'ELLE EST MONTÉE AVEC TOI !
TU DÉLIRES !
AH OUI ? JE VAIS VOUS PROUVER QUE NON !
FUISH
QU !
NON !!!
SLAAAASH !

QUELQU'UN !!! VITE !!!
TCHING
TCHING
QU'EST-CE QUE T'AS À HURLER !
COMMENT TU VEUX QU'ON DORME AVEC UN TEL BOUCAN !
AH ! LE DÉLÉGUÉ !
YORI ! IL A FAIT VENIR UNE FILLE DANS SON LIT !
DAAAAM
HAAA !

BOM
BOM
BOM
ALORS...
FUISH
HUUU
BONG BONG
BAM

OUI, JE SAIS QUE JE SUIS FOU...
MAIS QUAND JE PENSE À TOI, JE LE DEVIENS TOUS LES JOURS UN PEU PLUS...
TOUT IRA BIEN, TU VERRAS...
HEIN ?
TON CAMARADE EN BAS...
IL NE SE RÉVEILLERA PAS.

$\int_0^{\frac{\pi}{2}} xsinxdx = \Big[x(-cosx) \Big]_0^{\frac{\pi}{2}} -$
$\int_0^{\frac{\pi}{2}} (-cosx)dx = \Big[sinx \Big]_0^{\frac{\pi}{2}} \cdots$
HEIN ?
QUOI ?
TU M'ENVOÛTES ?
QU'EST-CE QUE TU DIS ?
C'EST UNE PRIÈRE MATHÉMATIQUE POUR M'AIDER À RETENIR MA LIBIDO...
BEN OUI !
ON NE PEUT PAS FAIRE ÇA ! C'EST IMPOSSIBLE ! SI JAMAIS ON SE FAIT PRENDRE, TU IMAGINES LES PROBLÈMES QUE ÇA VA NOUS CAUSER ? CE N'EST PAS QU'UNE QUESTION D'UN GARÇON DANS UN LIT AVEC UNE FILLE ! NON, ON NE PEUT PAS FAIRE ÇA...
VOILÀ POURQUOI JE RÉCITE UNE PRIÈRE MATHÉMATIQUE...
BLA BLA BLA BLA BLA BLA
YORI, C'EST STUPIDE COMME PRIÈRE !
TCHOP
IKU ! UN GARÇON, C'EST PLUS COMPLEXE QUE TU NE LE CROIS...
ELLE... A DIT STUPIDE...
ZUM

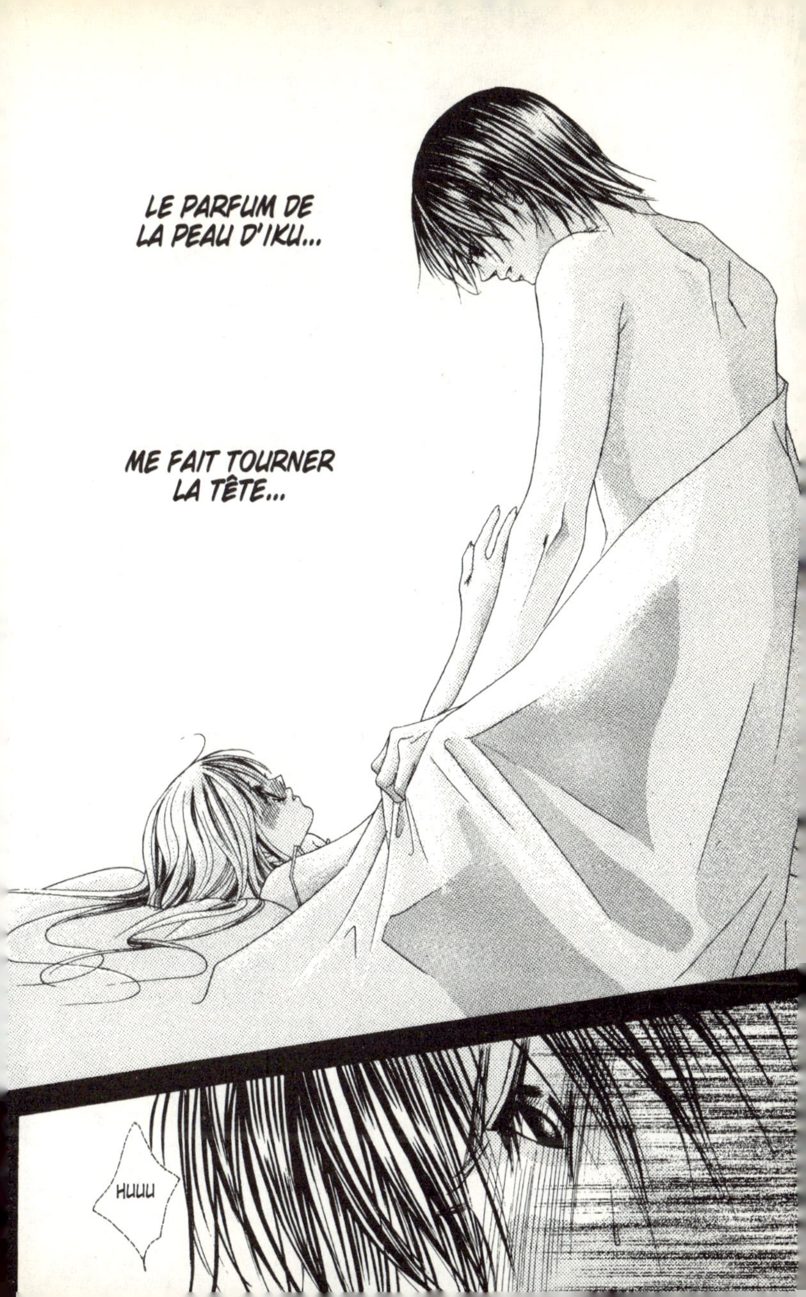
LE PARFUM DE
LA PEAU D'IKU...
ME FAIT TOURNER
LA TÊTE...
HUUU

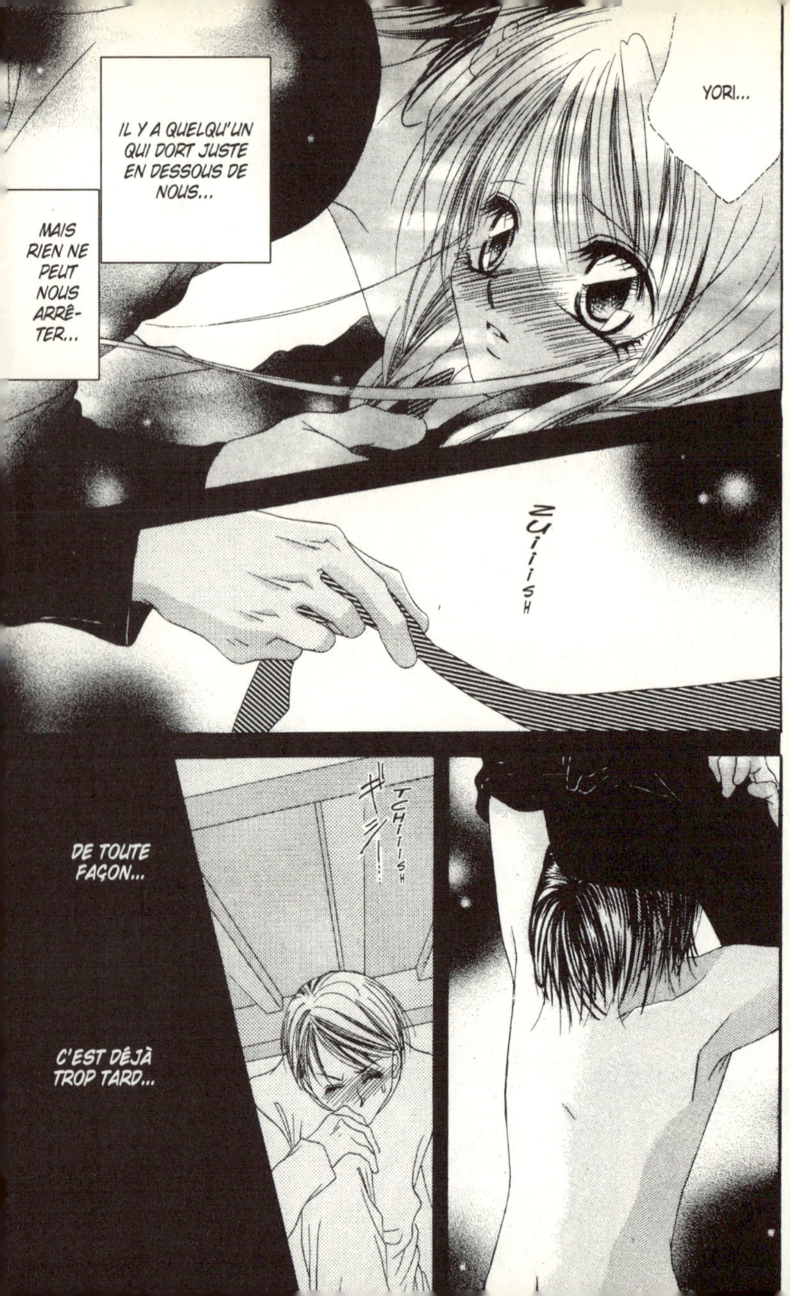
YORI...
IL Y A QUELQU'UN QUI DORT JUSTE EN DESSOUS DE NOUS...
MAIS RIEN NE PEUT NOUS ARRÊTER...
ZUiiiiSH
TCHiiiiSH
DE TOUTE FAÇON...
C'EST DÉJÀ TROP TARD...

HAAA
...
HMM...

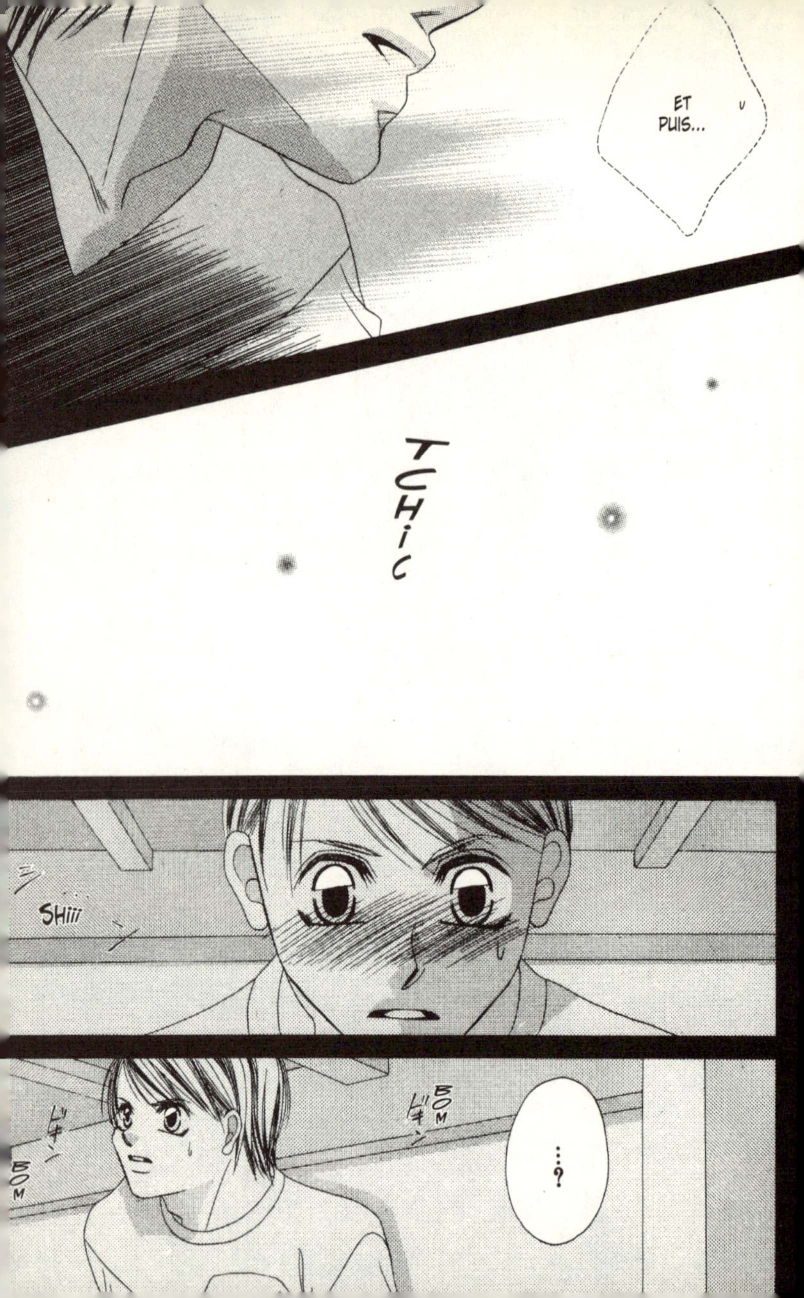
ET PUIS...
TCHIC
SHiii
...?
BOM
BOM

OUI...
JE NE TIENS PLUS...
QUE FAIRE ?
ELLE EST LÀ, SI JOLIE...
SI JOLIE !
SI JOLIE ...
ATTENDS, PAS SI VITE !
J'AI BESOIN D'UN MOMENT DE PRÉPARATION...

ÇA Y EST, TU AS FINI PAR GRIMPER...
TU AS CONSCIENCE DE CE QUE NOUS RISQUONS ?
QU...
BOM
BOM
BOM
HEU...
BOM
HÉ BIEN...
BOM
BOM
...
BOM
HEU...

VIENS DANS MES BRAS !
HAAA...

IKU...
ME REJOINT DANS MON LIT...
AAAH
JE N'AVAIS JAMAIS RÉALISÉ À QUEL POINT CETTE ÉCHELLE ÉTAIT HAUTE...
VIENS À MOI...
PLUS VITE !
PLUS VITE !

26e secret : Cachés coûte que coûte...

BOM
ZUISH
TCHAC
BOM
BOM
QU... !?!

TAM
BOM
BOM
BOM
MON CŒUR VA SE DÉCHIRER DE PEUR...
BOM
BOM
JE N'AI QU'À GRIMPER À CETTE ÉCHELLE...
BOM
BOM
POUR LE REJOIN-DRE...
VIENS !
BOM !

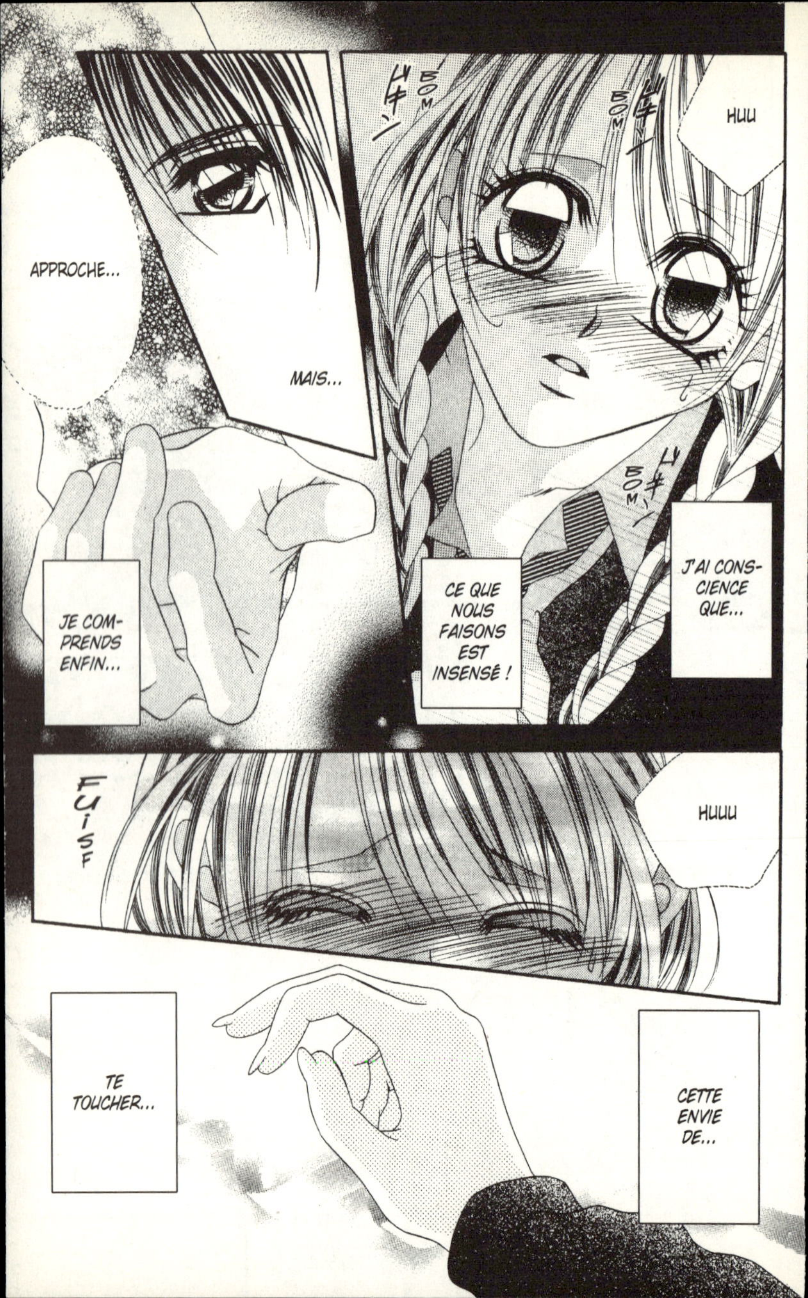
HUU
BOM
BOM
J'AI CONS-CIENCE QUE...
CE QUE NOUS FAISONS EST INSENSÉ !
BOM
MAIS...
APPROCHE...
JE COM-PRENDS ENFIN...
HUUU
FUISF
CETTE ENVIE DE...
TE TOUCHER...

IKU, TU AS PARFOIS...
DES RÉACTIONS SURPRENANTES.
MÊME MOI JE FLIPPE !
CRIIISH
IKU...

J'AIMERAIS BIEN ALLER...
DANS TA CHAMBRE...
HEIN ?
HEU, AU CAS OÙ TU NE SERAIS PAS AU COURANT, JE TE SIGNALE QUE...
JE NE SUIS PAS SEUL DANS MA PIAULE ! C'EST UN LIT À ÉTAGE !
QUOI ?
DAAAAM
FUISH
OUI MAIS...
JE VAIS FAIRE DE MON MIEUX !
(TU VERRAS)
FAIRE DE SON MIEUX ?!?
YORI, MONTRE-MOI VITE !
AVANT QUE JE CHANGE D'AVIS
MYSTÈRE

YORI, T'ES VRAIMENT TROP CHOU !
わしゃ
PLOP
わしゃわしゃーっ
PLOP
RHAAA !
HÉ HÉ
JE NE VOIS PAS CE QU'IL Y A DE CHOU DANS CETTE HISTOIRE !
TU PARLES D'UN COMPLIMENT...

LA TRACE SUR TON COU...
CETTE HISTOIRE D'AMOUR INTERDIT DE YANO, SES TENTATIVES...
MOI, J'AI SUPPORTÉ PENDANT QUINZE ANS AVANT DE POUVOIR TE TOUCHER !
ALORS QUE LUI, UN SIMPLE PETIT BÉGUIN L'Y AUTORISE !
ET ÇA, ÇA M'ÉNERVE !
MAIS TU AS RAISON, IKU...
NOUS NE FERONS PAS L'AMOUR. JE NE VEUX PAS QUE TU CROIES QUE JE NE PENSE QU'À ÇA.
HAAA !
MON DIEU, QUE FAIRE...
YORI...
JE T'AIME BEAUCOUP PLUS QUE LUI !
GNAAASH

AU LOVE HOTEL...
MAIN... MAINTENANT ?
OUI !
ON... ON LE FAIT ?
BIEN SÛR !
JE VAIS ÊTRE FRANC...
J'ÉTAIS VRAIMENT SUPER ÉNERVÉ...

QU...
HEU...
ET DONC VOILÀ...
ON Y VA, IKU ?
......
Y ALLER ? OÙ ÇA ?
HUM HUM !

JE VAIS ÊTRE DOUX, POUR LE RESTANT DE LA NUIT...
ZAAAASH
QU...
Conversation terminée 10 min15 sec
ZAAAAM

DONC, TU...
PFFF !
YANO ! ARRÊTE DE FAIRE COMME SI TU AIMAIS IKU PLUS QUE MOI !
ÇA ME GONFLE !
OUAIS MAIS MOI, C'EST UN AMOUR À SENS UNIQUE.
DE QUOI PARLENT-ILS ?
JE N'AI PAS BESOIN DE TES CONSEILS.
JE SERAI DOUX AVEC ELLE !

SOIS GENTIL AVEC P'TITE SŒUR...
MOI, JE N'EN SUIS PAS CAPABLE.
JE SAIS PAS, J'AI TOUJOURS ENVIE DE LUI JOUER DES TOURS...
CHUT ! CHUT ! NE FAIS PAS DE BRUIT !
KWEEEE

NE NOUS MÉRITE PAS ! ELLE EST BÊTE COMME SES PIEDS, CAPRICIEUSE...
OUAIS OUAIS !
ELLE CHIALE POUR UN RIEN, ELLE FRAPPE À LA MOINDRE CONTRARIÉTÉ ! BREF, UNE GOSSE, QUOI !
GRRR
VOUS PARLEZ DE MOI, LÀ ?
......
YORI...
JE VOULAIS TE DIRE...

QUAND JE LUI AI DIT QUE JE L'AIMAIS...
ELLE A ENCORE CRU QUE JE ME PAYAIS SA TÊTE. PAS FACILE, HEIN ?
......
FIGURE-TOI QUE POUR MOI AUSSI, C'ÉTAIT PAREIL !
SACRÉE P'TITE SŒUR !
HÉ HÉ
ELLE NE RÉALISE PAS LA CHANCE QU'ELLE A D'AVOIR DEUX BEAUX MECS À SES JUPONS.
OUAIS ! ET POURTANT, UNE GAMINE COMME ELLE...
?
?

ÇA Y EST, TU T'EN RENDS COMPTE ?
JE SUIS SÛR QUE T'ÉTAIS SUR LE POINT DE JOUER LES PERVERS !
SI TU PENSES QUE TON PLAN ROULE COMME SUR DES ROULETTES, POURQUOI TU NOUS APPELLES, HEIN ?
SI J'AVAIS EU UN PLAN PARTICULIER...
J'ARRIVERAIS À MES FINS BEAUCOUP PLUS VITE.
FAUT DIRE QUE P'TITE SŒUR EST DÉCOURAGEANTE !
QUAND JE LUI AI OFFERT LE STRAP EN DISANT QUE ÇA VENAIT DE MOI, ELLE A TIRÉ UNE DRÔLE DE TÊTE ! ELLE AVAIT L'AIR DÉGOÛTÉ !
C'EST VRAIMENT DÉPRIMANT, NON ?
J'AI ÉTÉ OBLIGÉ DE LUI MENTIR EN LUI DISANT QUE ÇA VENAIT DE TOI.
?

Vous avez un appel
De Yano
C'EST TOI, YANO ?
BINGO ! ♡
T'AS VU, LES PORTABLES JAPONAIS PERMET-TENT DE PERSON-NALISER TOUTES LES SONNERIES EN FONCTION DES APPELS ! COOL NON ?
GRRR
QUAND A-T-IL ...
CRÉTIN !
JE VOIS. P'TITE SŒUR EST DONC TOUJOURS LÀ-BAS...
C'EST PAS BIEN, GRAND FRÈRE ! TU DOIS LA RAMENER À LA MAISON ! ♡
TU PEUX ME DIRE À QUOI TU JOUES, HEIN ?

J'AI LA TÊTE QUI TOURNE...
FUISH
ALLÔ ? C'EST MOI ! DÉCROCHE VITE S'IL TE PLAÎT ! ♡
ALLÔ ? C'EST MOI ! DÉCROCHE VITE S'IL TE PLAÎT ! ♡
HIII
WHAAA
MAIS D'OÙ VIENT CETTE VOIX ! UN FANTÔME ?
WHAAA
ALLÔ ? C'EST MOI ! DÉCROCHE VITE S'IL TE PLAÎT ! ♡
ÇA VIENT DE TON SAC !
C'EST TA SONNERIE DE TÉLÉPHONE ?
CETTE VOIX, C'EST...
TCHAAAC
ALLÔ ? C'EST MOI ! DÉCROCHE VITE S'IL TE PLAÎT ! ♡

OUIIIN
TU N'ES QU'UN PERVERS ! UN OBSÉDÉ SEXUEL !
IMBÉCILE ! FERME-LA UNE SECONDE !
GRRRR
CE NE SONT QUE DES IMBÉCILES !
HEIN ?
FUISH
S'ILS PARLENT COMME ÇA, C'EST PARCE QU'ILS NE SONT JAMAIS TOMBÉS AMOUREUX DE LEUR VIE.
MOI QUI T'AIME VRAIMENT...
LES PAROLES ET LA CHALEUR...
DE YORI... PARVIENNENT TOUJOURS À ME RASSURER...
JE TE TROUVE TELLEMENT, TELLEMENT CRAQUANTE...
QUE J'ADORE TE TENIR DANS MES BRAS...

GRUAAAAH
GRRRR
GRRRR
GRMBL...
IKU ? QUELQUE CHOSE NE VA PAS ?
VOUS LES MECS, VOUS NE PENSEZ VRAIMENT QU'À ÇA OU QUOI ? J'Y CROIS PAS !
HUU
HUU
HEIN ? DE QUOI TU PARLES, LÀ ?
TOUS LES TYPES QUI SONT ENTRÉS PARLAIENT DE TROUS, DE POSITIONS ETC.
VOUS N'ÊTES QUE DES BÊTES IMMONDES !
BAH, C'EST ÇA LES INTERNATS POUR MECS...
ET TOI AUSSI, T'ES COMME ÇA ?
HMM, À 80% OUI...
GRRR

HMMM..
ドキン
BOM
ドキン
BOM
BAH, C'EST PAS MON PROBLÈME ! ALLEZ, N'ATTRAPE PAS FROID !
BONNE NUIT !
FUUU

IKU...
HA... TU...
HMM ? YORI ?
LA VOIX DE YORI...
ELLE DORT À MOITIÉ
ON N'ARRÊTE PAS D'SE CROISER AUX CHIOTTES !
LE COUVRE-FEU EST DÉJÀ PASSÉ ! T'AS MAL AU BIDE ?
HEU, OUI, C'EST ÇA...
MENTEUR.

ZUISH
TCHIP TCHIP
TCHIP
FLIP

22:13
TIC
TIC
TIC
TOP
TOP
TOP
CRIIISH
VLAAAAM
FUUU
ZAAAP
OGURA ?

ANNONCE À TOUS LES ÉLÈVES. IL EST 22H00. LES LUMIÈRES VONT ÊTRE ÉTEINTES.
VEUILLEZ REJOINDRE VOS CHAMBRES SANS PLUS ATTENDRE.
ALLEZ, BONNE NUIT.
OUAIS
TIENS ?
YORI ? TU NE VAS PAS ENCORE TE COUCHER ?
OUI, J'AI ENCORE DEUX OU TROIS TRUCS À ÉTUDIER...
HÉ BIEN ! QUEL SÉRIEUX !
MAIS NE TE COUCHE PAS TROP TARD !
TCHAAAP
BON, MOI JE DORS !
BOSSE BIEN, YORI !
BONNE NUIT !
BONNE NUIT.

MAIS DE QUOI PARLENT-ILS ?
MOI AUSSI, JE VOUDRAIS BIEN MONTER SUR SA COPINE...
Y'A PLEIN DE POSITIONS QUE J'VOUDRAIS ESSAYER. ♡
OU ALORS QU'ELLE ME MONTE DESSUS !
HA HA HA ! TU REGARDES TROP DE FILMS, TOI !
TCHI!!!
TCHI!!!
BAH, À NOTRE ÂGE, ON SE CONTENTERAIT DE N'IMPORTE QUEL TROU !
BAH ESSAYE AVEC UN SINGE ALORS !
WHA HA HA
BONG
BONG
HI!!!
!!!
HÉ LÀ-DEDANS ? ALORS IL SORT CE CACA ?
FOUTEZ-MOI LA PAIX...
TCHI!!!
HAAA
TCHI!!!
IL AVAIT UNE VOIX BIZARRE, NON ?
LE PAUVRE, IL DOIT SOUFFRIR...

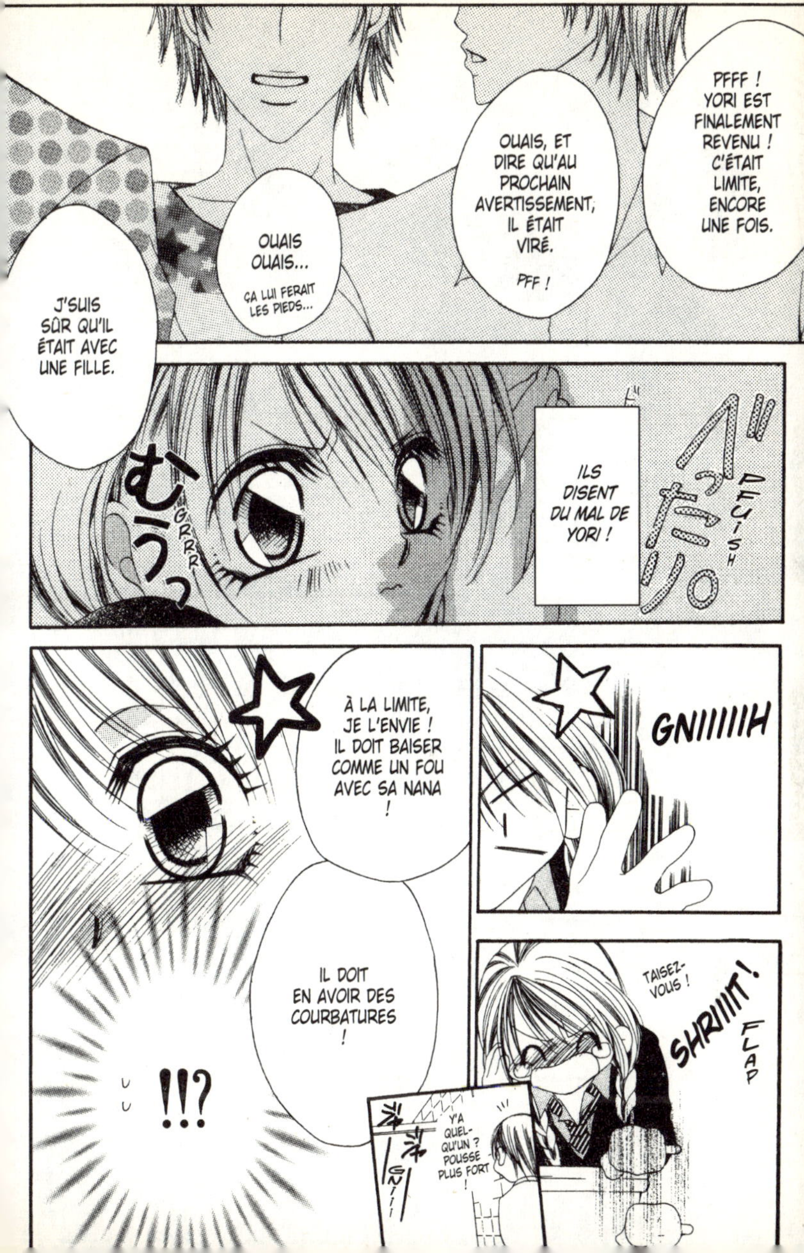
PFFF ! YORI EST FINALEMENT REVENU ! C'ÉTAIT LIMITE, ENCORE UNE FOIS.
OUAIS, ET DIRE QU'AU PROCHAIN AVERTISSEMENT, IL ÉTAIT VIRÉ.
PFF !
OUAIS OUAIS...
ÇA LUI FERAIT LES PIEDS...
J'SUIS SÛR QU'IL ÉTAIT AVEC UNE FILLE.
PFUISH
ILS DISENT DU MAL DE YORI !
GRRR
À LA LIMITE, JE L'ENVIE ! IL DOIT BAISER COMME UN FOU AVEC SA NANA !
IL DOIT EN AVOIR DES COURBATURES !
!!?
GNIIIIIH
TAISEZ-VOUS !
SHRIIIT !
FLAP
Y'A QUEL-QU'UN ? POUSSE PLUS FORT !
GNIII

C'EST ICI...
YORI, TU M'FAIS MARCHER !
POUR UNE FOIS QUE JE DIS LA VÉRITÉ, ON NE ME CROIT PAS...
SES NOUVEAUX CAMARADES...
À PLUS ! ♡
QUE VIT DÉSORMAIS YORI...
SA NOUVELLE VIE D'INTERNE...
C'EST UN PAN DE SA VIE QUE JE NE CONNAIS PAS...
JE NE CONNAIS PAS TOUT...
À SON SUJET...
HEU...
ぽっかり。
ZUUUSH
QUELLE HISTOIRE...
QUAND VA-T-IL VENIR ME CHERCHER ?
ドキ BOM
ドキ BOM
ガチャ
TAP TAP
VLAM

TAKUMA, LE DÉLÉGUÉ DE L'INTERNAT. ÇA FAISAIT UN BAIL, NON ?
FACE À FACE
TIENS, YORI ! NE M'DIS PAS QU'TU VIENS JUSTE DE RENTRER ?
T'ÉTAIS OÙ COMME ÇA EN UNIFORME ?
FUIP
HMM
SI SI...
MAIS ÇA NE TE REGARDE PAS...
JE TE SIGNALE QUE TU ES AUSSI EN UNIFORME...
QUE T'ES FROID !
C'ÉTAIT UNE FILLE ! ALLEZ, AVOUE !
もみもみ
FUISH
ほりほり
HÉ HÉ
HMM ?
EN FAIT, JE SUIS MARIÉ ET JE TROMPE MA FEMME !
ZUIP
ぺったり。
PLOP

ZAAAASH
TU PARLES D'UNE DRÔLE DE SITUATION !
APRÈS AVOIR DÉCOUVERT LA MORSURE DE YANO...
BOUH
TRACE DE DENTS...
GRRR
J'Y CROIS PAS ! CE SOIR JE NE TE LAISSERAI PAS REPARTIR !
WHAAA !
LE RÈGLEMENT DE SON ÉCOLE EST TRÈS STRICT...
IL RISQUE L'EXPULSION SI IL S'ABSENTE TROIS NUITS SANS PERMISSION.
INTERNAT
EN DOUCE
IL EST DONC REVENU POUR NE PAS MANQUER À L'APPEL.
ET PENDANT QU'IL FAIT ACTE DE PRÉSENCE, JE DOIS L'ATTENDRE...
J'AI FAIM ! ET ÇA PUE ! ÇA PUE !!!
TOILETTES GARÇONS
VIENS VITE ME DÉLIVRER, Ô YORI !
MÉTAPHORE...

男子トイレ
TOILETTES GARÇONS
DAAAM
NON NON NON !!!
ZUIIISH
JE PRÉFÈRE ME CACHER AUTRE PART !
NON ! ICI, TU SERAS EN SÉCURITÉ !
JE VIENDRAI TE CHERCHER QUAND CE SERA CALME DANS MON INTERNAT.
D'ICI LÀ, RESTE TRANQUILLE.
ET N'OUVRE À PERSONNE !

26e secret :
Cachée coûte que coûte...

Secret Sweetheart

C'EST CET IMBÉCILE DE YANO QUI M'A MORDUE !
HIII
IL T'A MORDUE ?!?
IL A FAIT ÇA EXPRÈS...
EN DISANT "AVEC ÇA..."
"TU..."
"TU NE POURRAS PAS FAIRE L'AMOUR..."
EN QUOI CETTE MARQUE NOUS EMPÊCHE-RAIT-ELLE DE FAIRE L'AMOUR, HEIN ?
CE SOIR, JE NE TE LAISSERAI PAS REPARTIR !

LA PREUVE, JE T'AI EUE ! ♡
NON !
NON NON NON ET NON !
GRRR
QUEL OBSÉDÉ !
!?
QU'EST-CE QUE C'EST QUE ÇA ?!?
HAA !

SI, C'EN EST UNE ! TU ES UNE ENFANT BIEN NAÏVE !
JE SUIS UNE ADULTE !

TU NE PENSES VRAIMENT QU'À ÇA !
OUI, JE SUIS UN HOMME...
CE N'EST PAS UNE RAISON !

PARDON IKU ! JE SERAI DOUX LA PROCHAINE FOIS ! PROMIS JURÉ !
TU M'AVAIS DÉJÀ DIT ÇA AVANT AUSSI !
...
HEU, OUI MAIS LÀ, C'EST VRAI !
J'AI DIT NON !
ALORS LAISSE-MOI JUSTE TE CARESSER UN PEU !
HEIN ?
TU PEUX TE LA METTRE SUR L'OREILLE !
TCHAAAC
AH JE SAIS ! TU NE VEUX PAS ALLER À L'HÔTEL CAR TU PRÉFÈRES LE FAIRE ICI ?
QUOI ?!?
NON !

JE VOIS...
YORI ...
TU ESSAIES DE M'AVOIR AVEC CETTE MINE !
QU...
DAAAAM
QUOIQUE LÀ, IL A L'AIR SÉRIEUSEMENT CONTRARIÉ...
HAAA...
NON, C'EST NON !
C'EST YORI
ZAAAAM
PARCE QUE TU ME FAIS MAL !
!!!
ZUISH
ZAAASH

VRAIMENT, VRAIMENT PAS ?
HORS DE QUESTION !
VRAIMENT, VRAIMENT, VRAIMENT PAS ?
N'INSISTE PAS !
BON...
DAAAM

TU NE VEUX PAS ?
NON !!
TU NE VEUX VRAIMENT PAS ?
BAH OUI...

ひやっ
TCHAP
HEIN ?!?
QUOI ? QUOI ?
TU DIS ÇA COMME ÇA, TOI !
HÉ LÀ, PAS SI VITE ! CALMOS !
WHAAA
WHAAA
PAS SI VITE ?
CELA FAIT DES ANNÉES QUE JE ME RETIENS...
TU NE VEUX PAS ?
かぁぁぁぁ
ZAAAASH
どっきん
TCHAM
HEU... BAH...
どっきん
TCHAM

NAN ! C'EST CLAIREMENT IMPOSSIBLE !
CLAIRE-MENT ? IMPOS-SIBLE ?
HEIN ? QUOI DONC ?
TU N'ES CLAIREMENT PAS CAPABLE DE LUI FAIRE UN TEL TRUC !
JE NE CONNAIS PERSONNE QUI SERAIT ENCORE VIVANT SI TU LUI REFAISAIS ÇA !
?
?
IKU, TU NE VEUX TOU-JOURS PAS...
ALLER AU LOVE HOTEL AVEC MOI ?

ズル…
ZUISH
YORI...

HUUUUUU
LE SANG DANS MON CORPS...
IL EST EN TRAIN DE BOUILLIR...
J'A-VAIS OU-BLIÉ...
HAA
HAA
À QUEL POINT UN BAISER...
HUU
POUVAIT ÊTRE CHAUD...

ET...
ET APRÈS...
J'INCLINE TA TÊTE LÉGÈREMENT SUR LA DROITE COMME SI...
COMME SI J'AVAIS ENVIE DE TE DÉVORER...

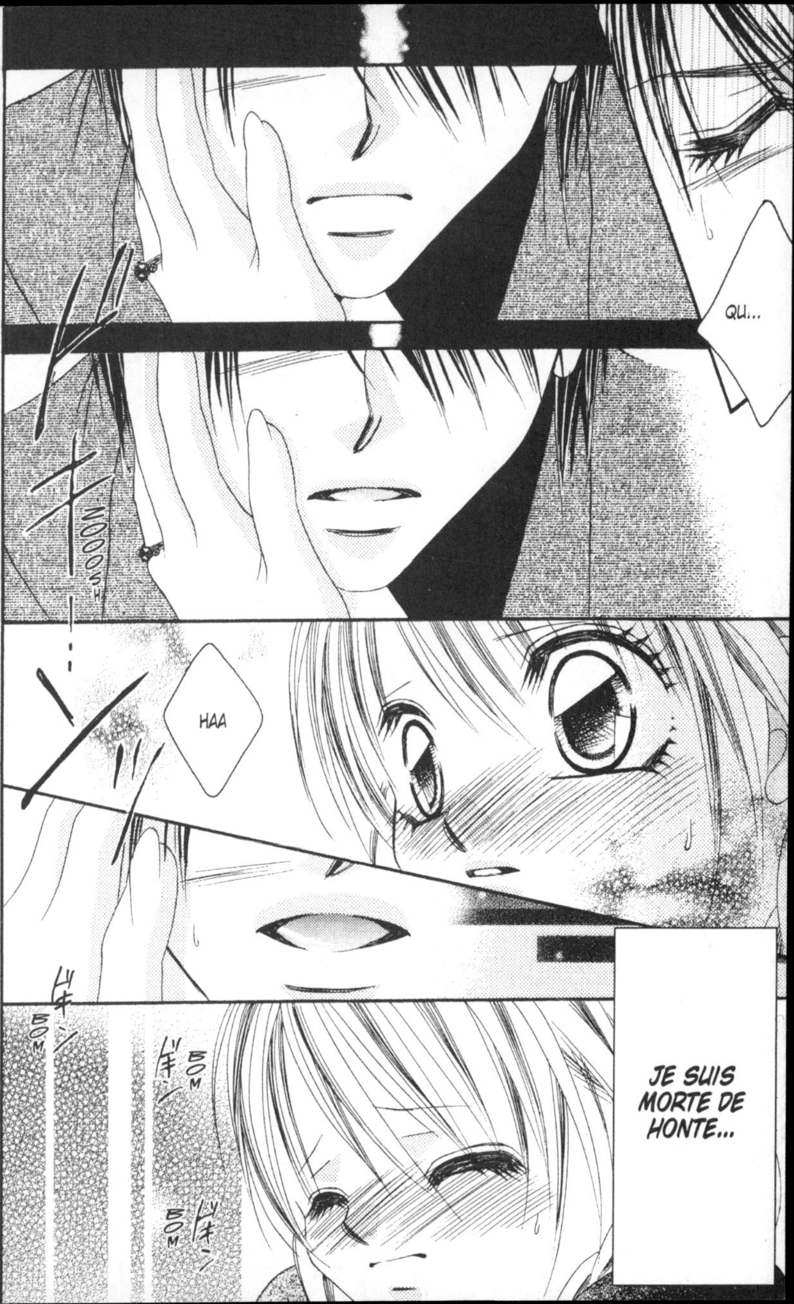
QU...
ZOOOSH
HAA
JE SUIS MORTE DE HONTE...
BOM
BOM
BOM
BOM

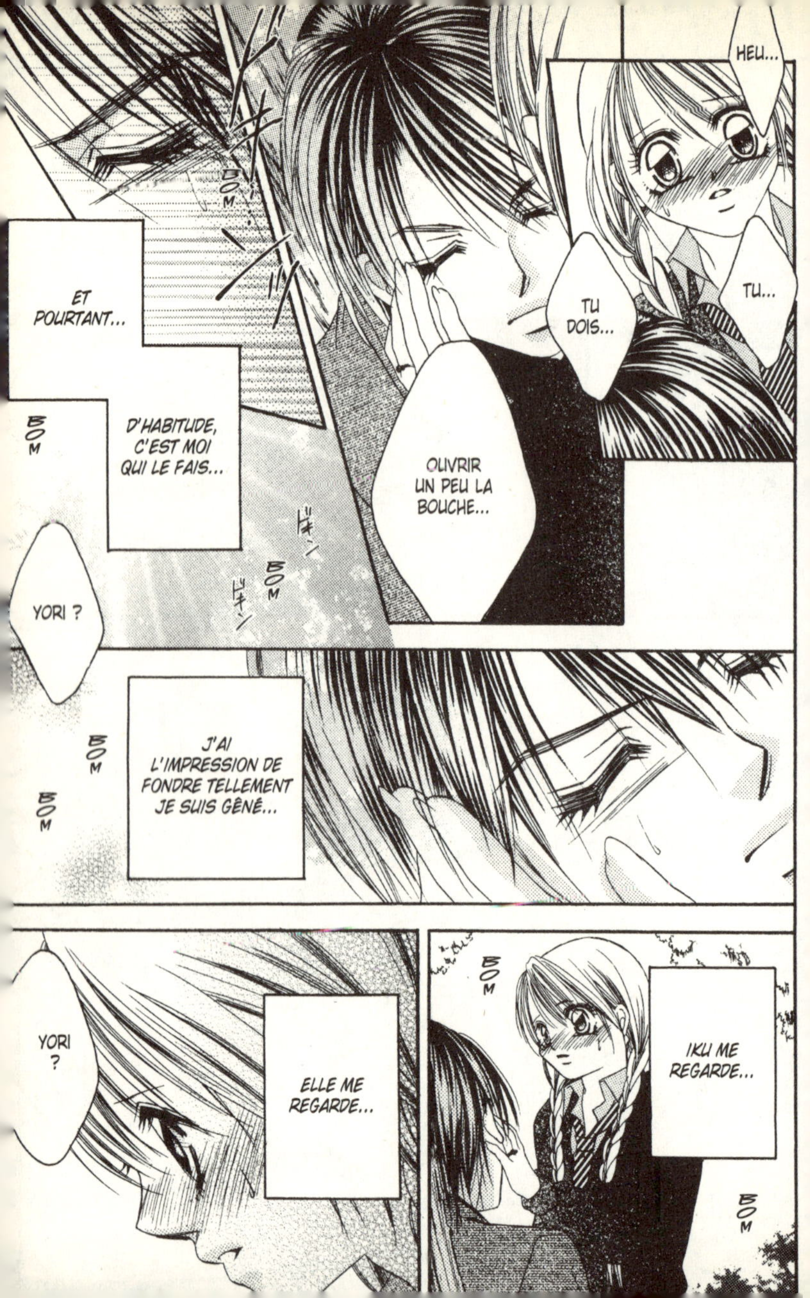
HEU...
TU...
TU DOIS...
OUVRIR UN PEU LA BOUCHE...
BOM...
BOM
ET POURTANT...
D'HABITUDE, C'EST MOI QUI LE FAIS...
BOM
BOM
YORI ?
J'AI L'IMPRESSION DE FONDRE TELLEMENT JE SUIS GÊNÉ...
BOM
BOM
BOM
IKU ME REGARDE...
BOM
ELLE ME REGARDE...
YORI ?

D'ABORD...
FUISH
AU TOUT DÉBUT, TU ME CARESSES LA JOUE...
PUIS...
HAA
BOM
BOM
HAAA...
JE SUIS ROUGE DE HONTE...
TU ME REGARDES JUSQU'À...
CE QUE JE FERME LES YEUX...
FUU
SHAAAASH
HAA
TOP
VOILÀ, ILS SONT FERMÉS.
FIXE-MOI BIEN, HEIN !

Huu...
Oui...
Je suis le seul au monde à pouvoir...
Contempler ce visage gêné...
Ah oui ? Alors essaye de le faire !
Hein ? Que je t'imite ?
Ouaip !
Allez, go !
Je ne regarde pas...
Huu...
BOM
BOM

MON CORPS EST CHAUD COMME DE LA BRAISE...
HUU
CELA FAISAIT UN BAIL...
QUE NOUS NE NOUS ÉTIONS PAS EMBRASSÉS ...
TU TE SOUVIENS ?
DE QUELLE MANIÈRE J'EMBRASSE ?
WHAAA
QU... !

TAP
JE NE TE LAISSERAI PAS FUIR...
KLING
YORI...
QU...
CUI
CUI
ATTENDS, YORI...
NON...
JE N'ATTENDS PAS...
BOM
HAAA
BOM
FUISH
BOM
JE SUIS INCANDES-CENT...

YORI !
QUELLE BELLE JOURNÉE, NON ?
C'EST SI CALME...
NOUS SOMMES SEULS...
C'EST EXPRÈS QUE JE T'AI FAIT VENIR ICI...
ZUIIISH
WHAAA !

CE TYPE EST ASSEZ PERVERS POUR PRÉPARER CE GENRE DE STRATÉGIES.
MAIS ÇA NE SE PASSERA PAS COMME ÇA !
OU BIEN ALORS...
IL SAVAIT QUE J'ALLAIS RÉAGIR DE CETTE FAÇON...
IL SE DÉLECTE EN SACHANT QUE ÇA ME FAIT RUMINER ET QUE JE SUIS SUPER JALOUX !
NON NON !
WAAAF !
WAAAF !
RHAAA ! QUELLE ORDURE CE TYPE !
SI JE POUVAIS ...
BIONG
HAAA !
ETANG
SPLASH
ZAAASH
BON, ÇA SUFFIT !
FIN DU THÉÂTRE SENTIMENTAL D'IKU

C'EST ENCORE UN DE SES COUPS !
TIENS, CADEAU !
HÉ HÉ
DE TA PART ? NON, J'EN VEUX PAS !
GRRR
STRAP
JE SUIS CERTAIN QU'IKU L'A ENVOYÉ BALADER !
PFF !
NAN, C'EST DE YORI !
MENSONGE...
C'EST VRAI ? SUPEEER !
LA PAUVRE. ELLE EST TELLEMENT NAÏVE QU'ELLE S'EST FAITE AVOIR.
CE N'EST PAS MOI...
IL TE RESSEMBLE !
IKU, CE CADEAU NE VIENT PAS DE MOI.
C'EST YANO QUI T'A JOUÉ UN TOUR !
MERCI YORI ! ÇA ME FAIT TRÈS PLAISIR.
ELLE A L'AIR SI CONTENTE...
JE NE PEUX PAS LUI DIRE QUE...
NAN, C'EST PAS MOI !
HEIN ? QUOI ?
PLOP
HA !
ALORS, CE JOLI STRAP VIENT DONC DE YANO ?
YANO...
NIARK !
KLING !

IL EST MIGNON, NON ? IL RESSEMBLE COMME DEUX GOUTTES D'EAU AU P'TIT YORI.
JE SUIS CONTENT QUE ÇA TE PLAISE.
OUI !
C'EST YANO...

ZAAAM
AU FAIT, T'AS VU ? TON STRAP !
JE L'AI ACCROCHÉ ! MERCI ! ♡
TU AS PRIS DU TEMPS POUR EN CHERCHER UN COMME ÇA ?
IL M'A TOUT DE SUITE PLU !
J'EN PRENDRAI GRAND SOIN !

TON COU...
...!?
ZAAASH
HEIN ?
BOM BOM
BOM
QU... !
HEU... JE...
ARRÊTE !
BOM

C'EST BON...
BOM
HA...
MER... MERCI...
MIAM
!...
DIS, QUELQUE CHOSE ME TRACASSE DEPUIS TOUT À L'HEURE...
OUI ?

AH !
TCHOP
C'EST PAS FACILE À MANGER...
PLOP
PLOP
NE BOUGE PAS...
TCHUIP
SLURP

VOS DÉSIRS SONT DES ORDRES !
manufacturing equipment.
In addition, Schwartz
OH ! ÇA A L'AIR SUCCULENT !
PERMETTEZ-MOI DE VOUS SOUHAITER UN BON APPÉTIT.
MIAM
MIAM
OH, PAS DE PROBLÈME POUR ÇA !
SCRUNCH

NON NON, CE N'EST PAS MOI !
C'EST TOI QUE TOUT LE MONDE TROUVE VIRIL !
MOI, À CÔTÉ...
FUU
TU PARLES !
C'EST PARCE QU'IKU EST TRÈS MIGNONNE...
OUI...
COMMENT NE PAS CRAQUER ?
ALORS, OÙ SOUHAITEZ-VOUS QUE JE VOUS EMMÈNE ?
HMMM
J'AI FAIM...
Z'AI PAS EU LE TEMPS DE MANZER CE MATIN..
PLOP

C'EST NOTRE PREMIER VÉRITABLE RENDEZ-VOUS.
J'AI TOUJOURS RÊVÉ D'UNE SORTIE AMOUREUSE EN UNIFORME ! ♡
DEPUIS TOUT À L'HEURE, TOUT LE MONDE NOUS REGARDE...
FAUT DIRE QUE PORTER UN UNIFORME UN DIMANCHE, C'EST PAS COURANT.
C'EST GÊNANT...
C'EST PARCE QUE TU ES BELLE QUE TOUT LE MONDE REGARDE.

25e secret :
La trace

Secret Sweetheart

PERSONNAGES PRINCIPAUX

Iku Yûki

Yori Yûki

RÉSUMÉ DU VOLUME PRÉCÉDENT :

Yori et Iku sont frère et sœur. Dans leur prime enfance, ils étaient des jumeaux inséparables et très complices. Aujourd'hui, ils ont quinze ans et ils se vouent un amour sans borne et secret. Contraints de s'aimer en cachette, Yori décide de prendre les devants et de partir dans un lycée loin du domicile familial. Selon lui, être loin de ses proches lui permettra de sortir avec sa sœur sans éveiller de soupçons et de vivre comme un couple normal. Iku va donc voir son frère dès qu'elle en a l'occasion. Mais il s'avère que la réalité est plus compliquée que prévu. Tomoka, l'ex-petite amie de Yori a subitement décidé d'intégrer le même lycée que lui et Yano, son meilleur ami, profite de son éloignement pour faire des avances à Iku...

SOMMAIRE

Secret Sweetheart

5

Kotomi Aoki